十萬
對敵劍

Fantastic Oriental Heroes

십만대적검

오채지
新무협 판타지 소설

십만대적검 1

오채지 新무협 판타지

초판 1쇄 찍은 날 § 2013년 2월 25일
초판 1쇄 펴낸 날 § 2013년 3월 4일

지은이 § 오채지
펴낸이 § 서경석

편집부장 § 권태완
편집책임 § 어정원
편집 § 박우진 · 박은정
디자인 § 신현아

펴낸곳 § 도서출판 청어람
등록번호 § 제1081-1-89호
등록일자 § 1999. 5. 31
어람번호 § 제2-2310호

주소 § 경기도 부천시 원미구 심곡2동 163-2 서경B/D 3F (우) 420-822
전화 § 032-656-4452팩스 § 032-656-4453
http://www.chungeoram.com
E-mail § chungeorambook@daum.net

ISBN 978-89-251-3197-9 04810
ISBN 978-89-251-3196-2 (세트)

十萬
對敵劍

Fantastic Oriental Heroes

십만대적검

오채지
新무협 판타지 소설

1

거울못

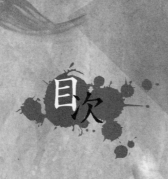

目次

서장

어떤 이들은 나를 악마라 했고
어떤 이들은 나를 협객이라 했다.
나는 단지 나만의 강호를 살았을 뿐이다.

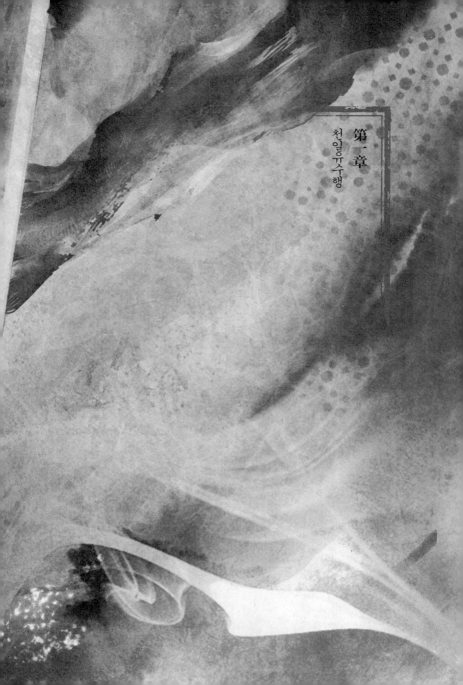

第一章

천일용유수행

十萬
對敵劍

한 사내가 도끼를 비껴든 채 서 있었다.

육척장신에 돌덩이 같은 근육, 아무렇게나 틀어 묶은 머리카락이 영락없는 산인(山人)의 모습이었다. 그는 한 식경째 아름드리 교목을 노려보는 중이었다.

하늘을 향해 기둥처럼 버티고 선 교목의 둘레는 무려 다섯 자 반, 양팔로 두르면 손가락 끝이 겨우 닿았다. 이 정도면 수령이 족히 백 년은 되었으리라.

열두 살 무렵 처음 도끼를 잡았을 때 그는 하루를 꼬박 매달려서야 저런 교목을 쓰러뜨릴 수 있었다. 그마저도 사부는 대단한 힘과 근성이라며 칭찬을 아끼지 않았다.

그리고 십 년이 지난 지금, 그는 아무도 예상하지 못한 새로운 경지로 나아가고 있었다. 근력과 원심력이 완벽한 조화를 이루어 하나의 선으로 집중될 때 만들어지는 관통력, 혹은 파괴력의 최대치는 얼마나 될까.

'열 번.'

그가 아래로 늘어뜨렸던 도끼를 슬쩍 들어 올렸다. 오십 근에 달하는 대부가 공중으로 치솟는 순간 화강암 조각 같은 그의 눈썹이 힘차게 꿈틀거렸다.

쿵!

둔중한 충격과 함께 교목이 부르르 몸을 떨었다. 껍질과 나뭇잎이 머리 위로 우수수 떨어졌다.

도끼질은 계속되었다.

쿵… 쿵… 쿵…….

하얀 목질이 파편처럼 튀었다. 등치의 진동은 말할 수 없이 격해졌고 머리 위로 떨어지는 나뭇잎도 생의 마지막 발악을 하듯 점점 그 양이 많아졌다. 이윽고 마지막 일격을 남겨두었을 때 그의 눈동자에서 번갯불이 폭사되었다. 허리에서 시작된 산뜻한 탄력이 척추와 어깨를 타고 고스란히 도낏자루로 전해졌다.

쿵!

순간, 단단한 박달나무로 만든 도낏자루가 뚝 부러져 버렸
다. 동시에 우지끈하는 소리와 함께 교목이 쓰러지기 시작했
다. 주변의 키 작은 나무들이 함께 쓸리고 굵은 나뭇가지들이
뚝뚝 소리를 내며 터지고 부러졌다. 놀란 새들이 여기저기서
날아올랐다.

교목은 살아온 세월의 치열함을 증명하기라도 하듯 한바
탕 굉음을 내고는 장렬하게 전사했다. 길이가 무려 오 장에
달하는 극상품의 목재였다.

"휴우, 오늘도 밥값은 했군."

그는 소매로 이마에 흐르는 땀을 훔쳤다.

이어 적당한 나무를 찾아 새로 도낏자루를 만들어 박고는
반 시진에 걸쳐 거치적거리는 가지들을 쳐냈다. 백 년에 걸쳐
뻗친 가지가 만들어 내는 규모는 어지간한 전각채를 방불케
했다.

이윽고 아름드리 둥치만 남았을 때 그는 준비해 온 밧줄로
교목의 밑동을 친친 감은 다음 어깨에 짊어졌다. 그리고 두
다리에 힘을 주었다.

순간 경악할 일이 벌어졌다.

무게를 짐작하기조차 어려운 거대한 나무가 번쩍 들리더
니 그대로 끌려가기 시작한 것이다. 한순간 잠잠했던 숲이 또
다시 비명을 질러댔다.

목옥(木屋)은 구불구불 내려오던 청옥산(靑玉山) 골짜기가 샛강을 만나 완만한 경사를 이루는 곳에 자리했다.

장개산이 목옥에 도착한 것은 해가 막 떠오르기 시작할 무렵이었다. 거대한 교목을 끌고 마당으로 들어서던 장개산의 눈에 반가운 얼굴이 들어왔다.

짐승 가죽으로 옷을 지어 입고 호신과 도구를 겸한 박도를 허리에 찬 오십 줄의 초로인은 인근 소도시 혜양(惠陽)에서 피륙점포를 운영하는 표 노인이었다.

표 노인은 장개산이 끌고 내려온 교목을 보고는 눈이 휘둥그레졌다. 몇 번이나 보고도 믿기지 않는지 그가 장탄식을 쏟아낸 후 말했다.

"후우, 자네의 용력은 여전하고만."

"아침부터 이 먼 곳까지 어쩐 일이십니까?"

장개산이 환하게 웃으며 말했다.

"벽옥산(碧玉山)에서 대호(大虎)가 잡혔다는 소식을 듣고 가는 길에 잠시 들렀다네. 마침 자네 사부께 전해 드릴 것도 있고 말이지."

말과 함께 표 노인이 마주하고선 초로인을 힐끗 쳐다보았다. 한쪽 소매가 헐렁한 칠순의 노인은 장개산의 사부 무 노인이었다.

"잘하셨습니다. 안으로 드시지요. 마침 간밤에 꿩을 한 마리 잡았습니다. 잠시만 기다리시면 얼른 구워 올리겠습니다."

"아닐세. 묘족 사냥꾼들이 가죽에 상처라도 내기 전에 얼른 가봐야 하네. 밥은 다음에 먹세."

호피의 생명은 송곳니를 드러낸 채 입을 쩍 벌리고 있는 얼굴이다. 한데 벽옥산에 사는 묘족들은 호랑이든 뭐든 짐승을 잡으면 일단 송곳니를 뽑아 목걸이를 만들고 머리는 통째로 잘라 마을 어귀에 걸어 놓는다.

용맹을 과시하고 사냥감이 더욱 많이 잡히길 기원하는 일종의 의례인데 피류상인인 표 노인으로서는 그야말로 미치고 펄쩍 뛸 일이다. 묘족 사냥꾼들이 호피를 팔러 올 때까지 기다리지 못하고 직접 찾아나서는 것도 그 때문이다.

"그럼 전 이만."

표 노인은 무 노인을 향해 공손히 포권지례를 하더니 서둘러 골짜기를 내려갔다. 저만치 멀어지는 표 노인을 한동안 응시하던 무 노인이 장개산을 돌아보며 물었다.

"또 나무를 하러 갔더냐?"

"오 리 안에서 곧게 뻗은 나무는 이게 마지막입니다. 아무래도 곧 호귀곡(虎鬼谷)으로 들어가야 할 것 같습니다."

장개산과 사부는 관(官)의 허가를 얻어 산중에서 목재로 쓸 만한 나무를 베어내는 일을 했다. 이를 간목(刊木)이라 하는데, 그렇게 베어낸 나무는 한 달에 한 번 뗏목으로 엮은 다음 강을 타고 도시로 나가 팔았다.

하지만 쓸 만한 나무의 양은 한정되어 있었고, 그 때문에 질 좋은 나무를 찾아 점점 깊은 산중으로 들어가서 새로 오두막을 짓고 사는 일을 반복해야 했다. 그렇게 산 세월이 벌써 십여 년을 훌쩍 넘겼다.

"그렇게 베어대니 나무가 남아나지 않을 수밖에."

"죄송합니다."

무 노인이 이렇게 말을 하는 데는 이유가 있다. 장개산은 가끔 사냥을 나갈 때 외에는 눈이 오나 비가 오나 산중에서 나무를 베어 넘겼다. 지금도 강가에는 말라버린 샛강으로 말미암아 미처 내다 팔지 못한 아름드리 교목이 산더미처럼 쌓여 있었다.

누가 저걸 보고 일개 인간이 혼자서 한 일이라고 생각하겠는가. 그런데도 장개산은 해가 뜨자마자 넘치는 힘을 주체하지 못하고 또 교목을 베어왔다.

'미욱한 놈.'

"그래서 오늘은 몇 번 만에 쓰러뜨렸누?"

"세어보지 않아서 모르겠습니다."

장개산이 머리를 긁적긁적 긁었다.

무 노인은 제자가 끌고 온 교목을 힐끗 바라보았다. 산중 생활 사십여 년 동안 그가 베어 넘긴 나무 또한 셀 수 없다. 잘려 나간 단면만 보아도 그는 어느 각도로 몇 번을 쳤는지 훤히 알 수 있었다.

'이번에도 열 번. 마지막엔 도낏자루까지 부러졌군. 도대체 얼마나 힘을 주었으면…….'

그나마 열 번이나 찍은 것은 교목의 둥치에 비해 도끼의 폭이 턱없이 좁았기 때문이다. 만약 교목의 폭만큼이나 큰 도끼가 있었다면 녀석은 필시 단 한 방에 쓰러뜨렸으리라.

실로 무시무시한 힘이었다.

노인의 이름은 무옥이었다.

바깥사람들은 나무꾼 무 노대, 혹은 무 노인이라고 불렀는데 그는 실제로도 나무꾼이었으면서 동시에 제종산문(諸宗山門)의 십육대 전승자였다. 문도라고 해봐야 제자 장개산이 전부인, 그야말로 이름만 겨우 남은 문파에 불과했다.

그렇다고 과거에 영화를 누린 적이 있었느냐 하면 그것도 아니었다. 삼백여 년 전 이적명이라는 인물이 애뇌산(哀牢山)에서 개파를 한 이래로 제종산문은 단 한 번도 일류라 불릴 만한 고수를 배출한 적이 없었다.

오죽하면 나무를 베어다 파는 것을 삶의 방편으로 삼아야 했을까. 무옥도 그랬고 무옥의 사부도 그랬으며 사부의 사부도, 또 그 사부의 사부도 그랬다. 그렇게 대대로 이어져 온 나무꾼 생활이 이제는 수련의 방법이자 동시에 목적이 되어버린 것이 바로 제종산문의 실상이었다.

그런데 어느 날 저 녀석 장개산이 나타났다.

전대 전승자들이 십 년에 걸쳐 익혔던 사문의 절기 반룡십팔수(蟠龍十八手)를 불과 일 년 만에 대성해 버리는 비상한 두뇌, 거기에 상식적으로 이해할 수 없는 괴력까지. 장개산은 무옥으로서는 한 번도 보지 못한 천고의 기재였다.

한데 정작 본인은 그걸 모른다는 데에 문제가 있었다. 산을 뽑을 만한 용력과 세상을 떨어 울릴 머리를 지니고도 녀석은 이곳 산중 생활을 너무나 좋아했다. 심지어 바깥세상을 궁금해하지도 않았다. 마치 바깥세상 따윈 어떻게 돌아가든 자신과는 아무런 상관이 없다는 듯.

'차라리 바보였다면 아깝지나 않았을 것을⋯⋯.'

"밥 먹고 세상이나 한 바퀴 돌고 오너라."

"예?"

"천일유수행(千日流水行) 말이다."

제종산문의 제자들은 때가 되면 천 일 동안 강호를 떠돌며 세상 공부를 해야 한다. 이를 천일유수행이라 하는데, 이 기간에는 절대로 사문에 발을 붙일 수가 없다. 설혹 사부의 부고를 듣더라도 돌아와선 안 된다.

"천일유수행 떠나라는 말씀을 무슨 술심부름시키듯 하십니까?"

"다를 것도 없느니라."

"사부님."

"밥은 내가 지어놨다."

장개산의 얼굴이 경직되었다.

사부의 표정에서 그냥 해보는 말이 아님을 직감했기 때문이다. 하지만 이해가 가지 않는 것이 있었다. 대대로 제종산문의 제자들은 이립을 채웠을 때 천일유수행을 시작했다.

지학(志學)에는 학문에 뜻을 두고, 약관(弱冠)에는 겨우 사람 구실을 하다가, 이립(而立)이 되어서야 비로소 세파에 흔들리지 않고 세상을 똑바로 볼 수 있다고 보았기 때문이다.

장개산의 나이 올해 스물셋, 천일유수행을 떠나려면 아직 칠 년이나 더 기다려야 한다. 약관을 겨우 넘긴 상태에서 천일유수행을 떠나는 건 장개산이 아는 한 제종산문의 역사에서 한 번도 없었던 일이다.

"옜다."

장개산의 표정을 읽었음인지 사부가 봉서 하나를 내밀었다. 장개산은 봉서를 받아들고 내용물을 천천히 펼쳐 보았다. 광동의 특산 괴황지에 쓰인 내용은 이러했다.

추천서

　제종산문의 십칠대 제자 장개산은 의협심이 강하고 무재 또한 뛰어나 광동무림의 인재라 하지 않을 수 없습니다. 이에 빈도는 장개산이 능히 북검맹(北劍盟)의 동량지재(棟樑之材)가 될 것임을 믿으오니 부디 두루 살펴보시길 바라옵니다.

　　　　　　　　　　　　천검문주(千劍門主) 설인옥 배상

　"이게… 무엇입니까?"
　장개산이 어리둥절한 얼굴로 물었다.
　"말 그대로 천검문주가 너를 북검맹에 추천하겠다는 추천서다."
　보름 전 장개산은 짬짬이 사냥한 짐승의 가죽을 팔기 위해 사부와 함께 혜양으로 나갔다. 그리고 세상을 떠들썩하게 만들고 있다는 이상한 소문을 들었다.
　수많은 협객의 활약에도 불구하고 사마외도(邪魔外道)의 발호가 끊이질 않자 무림의 명숙들은 수년간의 숙의 끝에 그 어떤 불순한 세력도 넘볼 수 없는 강력한 단체를 만들기로 뜻을 모았다.
　북검맹의 탄생이었다.

그리고 초대 맹주로 유성검(流星劍) 이병학을 만장일치로 추대했다. 별호처럼 광속의 쾌검을 구사하는 그는 당대를 대표하는 세 명의 검사, 천하삼검(天下三劍)의 일인이다.

천하삼검이 서열 삼 위의 검수를 말하지는 않는다. 강호인들은 유성검 이병학이야말로 천하삼검의 제일좌를 차지해야 마땅하다는 말은 서슴지 않았다.

다른 두 명의 검사가 생존조차 불투명한 상황이고 보면 유성검 이병학을 일컬어 천하제일검이라고 보는 것도 무리한 해석이 아니었다.

하지만 유성검 이병학이 뭇 강호인들의 존경을 한몸에 받는 것은 신기막측한 그의 검술 때문이 아니었다.

저마다의 이익에 따라 이합집산을 거듭하는 이 혼란의 시대에 유성검 이병학은 평생을 어느 세력에도 속하지 않은 채 홀로 강호를 떠돌며 사마외도를 척결한 협골의 상징이었다.

그런 그가 북검맹의 맹주가 되었다.

북검맹이 어떤 가치를 추구하는지, 어떤 성격을 지닌 단체인지 하는 것을 유성검 이병학이라는 이름이 모두 말해주는 셈이었다.

그리고 일 년 후 북검맹은 중원 각처에 산개한 방파에 무림첩을 보냈다. 북검맹과 뜻을 같이한다면 제자를 보내달라. 보름 전 혜양 땅에 나갔다가 장개산이 들은 소문이 바로 이것이었다.

북검맹의 탄생과 유성검 이병학이 맹주로 추대되었다는 사실은 무(武)에 뜻을 둔 수많은 무인의 가슴에 불을 질렀다고 했다.

하지만 아무나 북검맹에 들어갈 수 있는 건 아니었다. 사문에 삼대(三代) 이상을 거쳐 온 무맥이 있어야 하고, 누구나 인정할 만큼 이름을 떨친 고수가 한 명이라도 배출한 문파의 제자라야 했다. 반면 그 자신이 이미 이름난 협객이면 문파의 배경이 없어도 가능했다.

수많은 별이 명멸을 거듭하는 무림에서 삼대를 넘기는 방파란 의외로 많지 않았다. 선대에 누구나 인정할 만큼 뛰어난 고수를 배출한 문파는 더더욱 적었다. 문파에 소속되지 않고 이름을 떨친 협객들은 말할 것도 없이 드물었고, 있다고 해도 그 특성상 어딘가에 얽매이지 않고 독보강호 하는 쪽을 택했다.

생각보다 많은 무인이 자격을 잃었다.

여기까지만 보면 명문의 제자들만 받아들이겠다는 것으로 보인다. 그러나 북검맹주 이병학은 한 가지 예외조항을 두었으니 지방의 유력한 무인으로부터 추천서를 받으면 된다는 것이었다.

부나방같이 달려드는 쭉정이들과 신분을 속인 채 입맹하는 사마외도들을 걸러내자고 만든 조항이 역설적이게도 뛰어난 무인의 진입을 가로막는 결과가 되지 않도록 하려는 조치였다.

표 노인이 바로 그 추천서를 가져온 것이다.

장개산은 의아했다.

천검문은 광동성 동남쪽에서 막강한 힘을 행사하는 문파였다. 하지만 제종산문과 일절 왕래가 없었다.

왕래는커녕 천검문주 설인옥은 같은 광동에 본거지를 두었으면서도 제종산문이라는 문파가 있다는 것조차 모를 것이다. 하물며 어찌 자신의 존재를 알고 추천서를 써줬는가.

"천검문주가 미쳤나 봅니다."

"내가 써 달라고 했다."

"사부님께서 천검문주를 어찌 아시고요?"

"내가 알 리가 있느냐. 마침 표가가 천검문에 아는 사람이 있다기에 힘 한번 써달라고 했지."

사승 사이에 한동안 어색한 침묵이 흘렀다.

결국 돈으로 산 추천서라는 말이다. 천검문주 같은 거물은 돈 몇 푼에 이름을 팔지 않는다. 그런 인물에게서 추천서를 받아냈으니 이것도 재주라면 재주다.

장개산은 표정이 급격히 굳어졌다.

서둘러 천일유수행을 떠나라고 한 이유를 이제야 알았기 때문이다. 사부는 제자가 강호의 이름난 후기지수들과 어울리며 더 넓은 세상을 경험하길 바랐던 것이다.

하지만 장개산은 정든 청옥산을 떠날 생각이 전혀 없었다. 어떻게든 시간을 벌어보고 싶은 마음에 장개산은 슬그머니 딴죽을 걸었다.

"천일유수행을 떠나라시며 어찌하여 북검맹으로 들어가라고 하십니까? 이는……."

이는 사리에 맞지 않습니다. 그러니까 굳이 지금 서둘러 천일유수행을 떠날 필요도 없지 않겠습니까… 가 다음에 이어질 말이었다. 하지만 장개산의 말은 불쑥 치고 들어온 사부에 의해 잘려 버렸다.

"네 녀석이 말을 타고 대륙을 한 바퀴 도는 데 얼마나 걸릴 것 같으냐? 삼 년은 족히 걸릴 것이다. 반면 북검맹에는 지금 천하의 모든 별이 모여들고 있다. 할 일 없이 빈둥빈둥 돌아다니며 족보도 없는 파락호들과 엮이는 것보다는 별들과 어울리며 삼 년을 보내는 것이 낫지 않겠느냐?"

"사부님, 그것은……."

그것은 지나친 비약이십니다. 천일유수행은 말 그대로 흐르는 물처럼 사람들과 부대끼면서 온몸으로 세상을 배우는 것 아니겠습니까? 특정한 단체 안에 억지로 들어가 스스로 일신에 제약을 가하는 것은 천일유수행의 취지에도 맞지 않습니다. 그러니 굳이 지금 서둘러 천일유수행을 떠날 필요가 없지 않겠습니까… 가 다음에 이어질 말이었다. 그러나 장개산의 말은 이번에도 사부에 의해 잘려 버렸다.

"게다가 북검맹은 우리와 아주 인연이 없지 않다. 너도 알다시피 나는 오래전 유성검 이병학과 조우한 적 있다. 그때 유성검께서 내게 일초식을 하사하셨지. 그 덕분으로 우리 제종산문의 무학은 크게 진일보했다. 그리고 지금 유성검께서 북검맹의 맹주가 되어 천하의 인재를 구하시는데 어찌 제종산문이 가만히 있겠느냐. 이번 너의 천일유수행은 보은의 의미도 있느니라."

유성검 이병학이라는 검사에게 일초식을 하사받았다는 얘기는 귀가 따갑도록 들었다. 그때마다 빠지지 않는 말이 하나 있었는데 바로 '세상에 무인이 단 한 명 존재한다면 그건 유성검 이병학이다' 였다.

비록 단 한 번의 조우였지만 사부는 이병학에게 강렬한 인상을 받았음이 분명했다. 한데 보은을 하러 가면서 어찌하여 돈을 주고 추천서까지 만들어 가는가. 사부의 속셈은 장개산이 북검맹에 들어가면 어찌어찌하여 이병학의 눈에 띌 수도 있지 않을까 하는 것이었다.

하지만 장개산의 생각은 달랐다.

사부가 이병학과의 인연을 자랑할 때마다 어물쩍 넘어가는 배경 이야기가 하나 있다. 그건 유성검 이병학이 주었다는 일초식이 사실은 제종산문의 여러 초식 중 하나를 살짝 손봐준 것에 불과하며, 그마저도 다섯 명이 똑같이 은혜를 입었다는 사실이었다.

사건의 전모는 이렇다.

그날 사부는 강호에서 우연히 만난 무인 네 명과 함께 객점에서 밥을 먹고 있었다. 그러다 점소이로부터 근처에서 유성검 이병학이 마두 하나를 추격하고 있다는 소식을 들었다.

사부와 네 명의 무인은 밥을 먹다 말고 튀어 나갔고, 어찌어찌하여 이병학이 마두를 잡는 데 일조했다. 이후 이병학은 다섯 명의 젊은 무인이 마두와 싸울 때 눈여겨보았던 초식에 대해 한마디씩 조언을 해주고는 홀연히 그 자리를 떠났다.

더도 덜도 없이 딱 그거다.

한데 이걸 사부는 마치 대단한 기연이라도 얻은 것처럼 자랑을 했다. 이병학은 까맣게 잊었을 텐데도 말이다.

사부가 갑자기 뒷짐을 지고 동쪽 산릉을 올려다보았다. 때마침 모습을 드러낸 태양이 골짜기 가득 햇빛을 쏟아내고 있었다.

"바다가 고래를 키우는 법이다. 가서 그 커다란 가슴에 세상을 가득 담아 오너라."

칠순의 사부가 새벽같이 일어나 손수 지어 놓은 따뜻한 밥한 그릇, 그게 사승이 나눈 마지막 인사였다.

이상한 일이다.

지난 닷새 동안 장개산은 온 산중을 쏘다니며 산짐승들을 사냥해 내장을 제거하고 훈제를 만들어 놓았다.

장작도 불에 잘 타는 나무들로만 골라 산더미처럼 패 놓았다. 처음엔 가뭄으로 교목을 내다 팔 일이 막히자 겨울을 날준비나 하자며 시작한 일이었다. 하지만 겨울이 오려면 아직도 한참이나 멀었다.

이제 와서 생각해 보니 어떤 직감 같은 게 있었지 않았나싶다. 결과적으로 사부의 겨울 준비를 해놓은 셈이니까.

그럼에도 불구하고 발걸음이 쉬이 떨어지지 않는 것은 이미 칠순을 넘긴 사부를 삼 년 후에도 다시 뵐 수 있을지 확신이 서지 않기 때문이다

고갯마루에 올라서자 장개산은 사부가 싸준 바랑을 펼친다음 속엣것들을 꺼내 너럭바위에 널어놓았다. 삶은 달걀 다섯 개, 묵직한 동전 꾸러미 한 개, 그리고 표 노인이 돈을 써

서 만들었다는 천검문주의 추천서가 차례로 모습을 드러냈다.

삶은 달걀은 가면서 출출할 때 먹으라고 준 것이고, 동전 꾸러미는 삼백 냥이나 되는 거금으로 장개산도 매우 뜻밖이었다.

장개산이 물었었다.

"이게 다 뭡니까?"

"바깥세상에 나가면 돈 쓸 일이 많을 것이다. 아긴답시고 한뎃잠 자지 말고 꼭 여곽에서 자거라. 만두일망정 끼니도 꼬박꼬박 챙겨 먹고."

"그래도 이건 너무 많습니다."

"좋아할 것 없다. 연중 산속에 처박혀 사는 우리 같은 사람에게야 겨울을 날 만한 큰돈이겠지만 도시로 나가면 하룻밤 술값으로도 모자랄 테니까."

장개산은 가자미눈을 뜨고 사부를 노려보았다. 아무렴 하룻밤 술값이 삼백 냥씩이나 할까. 삼백 냥이면 쌀을 다섯 섬이나 살 수 있는데, 미치지 않고서야 하룻밤에 쌀 다섯 섬을 마실 인간이 있을 리 없지 않는가.

사부는 단지 제자가 당신을 걱정하는 마음에 돈을 놓아두고 도망칠까 봐 사기를 치는 것이다. 장개산의 표정에서 속내를 읽었음인지 사부는 혀를 끌끌 차며 말했다.

"쯧쯧쯧. 촌놈 같으니라고."

장개산은 동전 꾸러미를 품속에 챙겨 넣은 다음 삶은 달걀을 한입 베어 물면서 추천서를 집어 들었다. 사부는 이 추천서가 마치 제자의 출세를 위한 마지막 동아줄이라도 되는 양 애지중지했다.

당연한 말이지만 처음부터 늙고 쇠약한 사람은 없다. 사부도 한때는 청운의 꿈을 품고 강호를 주유했을 것이다. 하지만 현실은 그를 단지 솜씨 놓은 나무꾼으로 주저앉혔다. 이제는 잘려 나간 한쪽 팔만이 한때 꾸었던 꿈을 아련하게 말해줄 뿐.

사부는 또 말했다.

"만약에, 만약에 말이다. 네 안에 있는 무언가와 만나게 되더라도 놀라거나 당황하지 말거라. 그것 또한 너의 일부이니라."

마지막 말은 아직도 이해할 수가 없다. 지난 삶에 비추어 볼 때 이해할 수 없는 건 시간이 알아서 해결해 준다. 장개산은 추천서를 고이 접어 역시 품속에 간직했다.

마지막으로 바랑 속에 든 물건은 아니지만 활과 화살이 있었다. 사부는 무슨 일이 있을지 모르니 손에 익은 도끼도 한 자루 가져가라고 했다.

장개산은 펄쩍 뛰었다.

세상에 도끼를 차고 강호를 주유하다니. 무림인들 중에 도끼를 병기로 쓰는 자가 아주 없는 것은 아니라고 들었지만, 그래도 지나치게 눈에 띄지 않는가.

　　게다가 장개산이 쓰던 도끼는 무려 오십 근에 육박하는 대력부였다. 덩치도 작지 않은 사람이 그런 흉악한 물건까지 차고 돌아다니면 겪지 않아도 될 시비에까지 휘말릴 게 뻔했다.

　　활도 무기라기보다는 여정 중에 산짐승이라도 잡아 요기를 할 목적으로 가져온 도구에 불과했다. 병기가 굳이 필요하다면 나중에라도 도끼를 하나 맞추면 된다.

　　장개산은 바랑을 길게 찢어 바위에 펼쳤다.

　　이어 시위를 푼 활과 화살을 바랑 위에 가지런히 놓은 다음 바깥에서부터 돌돌 말아 노끈으로 잘끈 묶었다. 활을 들고 다닌다는 것도 굳이 사람들에게 보여주고 싶지 않았다. 눈썰미가 있는 사람이라면 눈치를 채겠지만, 장개산도 그것까지는 신경 쓸 생각이 없었다.

　　바랑을 없애 버리는 바람에 한결 단출해진 장개산은 천천히 몸을 일으켰다. 그리고 지나온 길을 돌아보았다. 기억도 가물가물한 열두 살에 들어와 무려 십여 년을 쏘다닌 산과 골짜기를 마지막으로 눈에 담아두고 싶어서였다. 그때 저 멀리 목옥 마당 한가운데서 이쪽의 고갯마루를 바라보며 우두커니 서 있는 그림자가 보였다.

사부였다.

'목옥을 떠난 지가 언제인데 아직까지 저렇게 서 계셨단 말인가.'

갑자기 가슴이 먹먹해졌다.

장개산은 사부를 향해 마지막 큰절을 올렸다.

'꼭 돌아오겠습니다.'

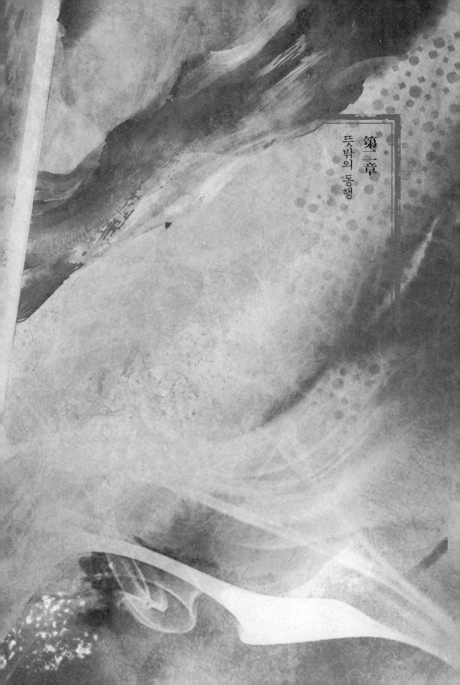

第二章

뜻밖의 동행

혜양은 청옥산 줄기를 벗어나 동쪽으로 삼십 리 정도 가다 보면 첫 번째로 만나는 도시다. 광동성 하고도 남쪽에 자리한 탓에 기온은 따뜻하고 겨울에도 눈을 보기 어려웠다.

삼백 냥이 큰돈이 아니라는 사부의 말이 옳았다는 걸 장개산은 혜양을 벗어나기도 전에 깨달았다. 배를 타고 남창(南昌)까지 간 다음 육로로 갈아탈 생각에 포구에서 뱃삯을 물었더니 선주가 이백 냥을 달라고 한 것이다.

"저는 남창까지만 가면 됩니다만."

"어차피 남창까지밖에 안 가오."

"남창까지 가는데 이백 냥씩이나 든단 말입니까?"

"걸어서 가면 산 넘고 물 건너 고생고생 하며 보름에 갈 길을 잠까지 자가며 편안하게 열흘 만에 가는데 이백 냥이면 거저지."

"아무리 그래도 이백 냥은 너무 비싸지 않습니까?"

"배가 저절로 가는 줄 아시오? 나를 비롯해 다섯 명이나 되는 선원이 열흘 동안 뼈 빠지게 배 부리고 노 저어야 하오. 그 고생을 하고 이백 냥도 못 건진단 말이오?"

선원들이 고생을 한다는 말에는 장개산도 말문이 막힐 수밖에 없었다. 자신도 뗏목을 부려봐서 알지만 물길을 타는 건 보통 중노동이 아니다.

그렇지만 선객들이 많으니 남창까지 가는 동안 선주가 버는 돈이 단돈 이백 냥이라고 할 수는 없었다. 거기에 조금의 융통성을 발휘해 볼 여지가 있었다. 장개산은 그 틈을 파고들었다.

"조금만 깎아주십시오."

"얼마나?"

"백 냥 정도면 어떨까 싶습니다만."

"……!"

얼굴이 시커멓게 그을린 오십 줄의 선주는 뭐 이런 놈이 다 있나 하는 표정을 지었다. 딱 봐도 촌놈이라 순진할 줄 알았더니 이건 뭐 촌놈이 더 후려치지 않는가.

하지만 장개산의 장대한 체구와 강인한 인상에서 뿜어져 나오는 압박감에 감히 시비를 걸 생각은 못했다. 대신 애꿎은 선원들을 향해 버럭 소리를 질렀다.

"서두르지 않고 뭣들 하는 거야!"

선주의 호통에 선원들의 손발이 더욱 빨라졌다.

애초 백 냥을 부른 다음 실제로는 백오십 냥쯤에서 합의를 볼까 생각했던 장개산은 당황했다. 선주의 태도를 보아하니 처음부터 백오십 냥을 불렀어도 눈 하나 깜짝하지 않을 듯했다.

다른 길이 없는 것은 아니지만 그렇다고 여비를 아낄 수 있는 것도 아니었다. 오히려 더 많이 들 수도 있다. 미로와 같이 복잡한 강남의 수로를 만날 때마다 뱃삯을 주고 건너야 할 테니까. 돈도 돈이지만 번거로워서라도 할 짓이 못된다.

장개산은 한숨을 내쉬곤 물었다.

"밥은 먹여주는 겁니까?"

"……!"

배는 미곡선을 개량해 갑판을 넓히고 그 한가운데 외돛을 박아 넣은 여선이었다. 가운덴 비를 피하기 위해 차양까지 걸쳤는데 차양 아래에는 이십여 명의 선객이 한낮의 뜨거운 태양을 피해 모여 있었다. 밥은 먹여주느냐는 장개산의 한마디에 선객들이 와자지껄 웃음보를 터뜨렸다.

"야, 닻 올려!"

선주가 선원들을 향해 다시 한 번 빽 소리를 질렀다. 마치 저 거지 같은 놈을 어서 떼어 놓고 싶다는 듯.

어린 선원 하나가 뱃머리로 조르르 달려와서는 물속에 늘어뜨린 닻을 끌어올려 갑판에 실었다. 뒤를 이어 돛이 올라가고 배가 천천히 움직이기 시작했다.

'이를 어쩐다.'

장개산은 떠나는 배를 바라보며 품속에 든 동전 꾸러미를 만지작거렸다. 말을 한 적은 없지만 지난 몇 년 동안 사부는 이 돈을 마련하기 위해 온 산을 쏘다니며 여우 덫을 놓았다. 한 냥 한 냥에 사부의 땀과 제자에 대한 걱정과 당신이 이루지 못한 것에 대한 꿈이 서려 있었다.

도저히 함부로 쓸 수가 없다.

그렇다고 배를 타지 않을 수도 없다.

장개산은 급한 마음에 일단 강물 속으로 성큼성큼 들어가서는 한 손을 쭉 뻗어 뱃머리의 용골을 덥석 잡았다.

그 커다란 배가 갑자기 우뚝 멈췄다. 갑판에 서 있던 사람들이 쓰러질 듯 휘청거렸다. 차양 아래에 모여 있던 선객들은 주위를 살피며 웅성거렸다. 배가 암초에라도 걸린 줄 알았기 때문이다. 그러다 배를 멈춘 것이 장개산이라는 걸 뒤늦게 알아차리고는 입이 쩍 벌어졌다.

선주의 얼굴도 시뻘게졌다.

평생을 뱃사람으로 살며 온갖 산전수전을 겪은 그였지만 이 커다란 배를 한 손으로 장난감 다루듯 멈추는 괴물은 맹세코 처음이었다.

선주는 한동안 얼빠진 얼굴이 되어 장개산을 바라보았다. 선원 하나가 옆구리를 쿡쿡 찔러서야 선주는 퍼뜩 정신을 차렸다.

"지, 지금 이게 뭐하는 짓이오!"

선주가 용기를 내어 소리쳤다.

장개산은 짐짓 미안하다는 표정으로 물었다.

"선원들 품삯이 얼마나 됩니까?"

"열흘에 이백 냥⋯⋯."

장개산의 용력에 압도당한 선주는 저도 모르게 대답이 술술 나왔다. 그러다 실태를 깨닫고는 다시 소리를 질렀다.

"그건 왜 묻소!"

"잘되었군요. 저를 선원으로 써주십시오. 대신 남창까지 공짜로 태워주시면 됩니다. 끼니도 제가 해결하지요. 어떻습니까? 이만하면 선주께서도 손해 보는 계산이 아닌 듯합니다만."

"하."

선주는 기가 막힌다는 듯 헛바람을 토해냈다.

하지만 아주 날강도는 아니라고 생각했는지 한층 부드러워진 표정으로 이렇게 물었다.

"노는 저을 줄 아시남?"

"삿대는 찍을 줄 압니다."

"삿대?"

"교목으로 엮은 뗏목을 끌고 와 도시에서 파는 일을 했습니다."

"벌목꾼이었나?"

"그런 셈입니다."

선주는 알 만하다는 듯 고개를 끄덕였다.

육체노동을 하며 살아온 사람들에겐 몸 곳곳에 그 흔적이 남게 마련이다. 떡 벌어진 어깨, 울퉁불퉁한 근육, 거기에 움직이는 배를 한 손으로 잡아 멈추는 용력이 예사롭지 않더라니 역시나 이유가 있었던 것이다. 하지만 땅을 찍는 삿대와 물살을 젓는 노는 운용의 묘리가 전혀 다르다.

"일 없으니 배나 놓아주시오."

"정말 안 되겠습니까?"

"안 된다니까, 몇 번을 말해! 어깃장 그만 부리고 어서 배를 놓아주시오. 계속 이러면 나도 더는 참지 않겠소이다!"

말과 함께 선주가 뒤쪽 허리춤에 매어둔 물건을 만지작거렸다. 두 자 길이의 막대기에 갈고리를 매단 그것은 척조구(隻爪鉤)라 불리는 것으로 뱃사람들이 큰 물고기나 짐짝을 찍어 올리는 물건이었다.

하지만 이놈이 수적들의 손에 들어가면 배를 찍어 당기거나 사람의 뱃가죽을 찢어발기는 무기가 된다. 한마디로 척조구는 도구이면서 동시에 무기인 셈이다.

선주의 행동에서 싸움도 불사하겠다는 의지를 읽었음인지 선원들도 몽둥이며 갈고리 등속을 손에 잡히는 대로 집어 들었다.

"어쩔 수 없군요. 실례가 많았습니다."

시비를 원하지 않던 장개산은 깨끗이 포기하고 배를 놓아주었다.

그때 어디선가 낭랑한 음성이 들려왔다.

"제가 대신 내드리죠."

사람들이 일제히 소리가 난 곳으로 고개를 돌렸다.

저만치 뭍에서 한 사람이 말을 탄 채 다가오고 있었다. 청의무복에 얼굴이 훤히 드러나는 초립을 쓴 젊은 여자였다. 가죽 요대로 잘끈 졸라맨 허리에는 가느다란 협봉검이 매달려 있었는데 그 모습이 맑고 투명한 얼굴과 어울려 그렇게 산뜻해 보일 수가 없었다.

그리고 기도가 있었다.

서릿발처럼 차가우면서도 어딘지 모르게 상대를 짓누르는 위압감이 그녀에겐 있었다.

여자는 사내 하나를 밧줄로 묶어 끌고 오는 중이었다. 스물 대여섯 살이나 되었을까. 화려한 채색의 비단옷을 입은 사내는 흡사 말발굽에 짓이기기라도 한 듯 얼굴이 만신창이었다. 옷도 여기저기 찢어지고 더러워진 상태였다. 필시 저 여인이 저렇게 만들어 놓았으리라.

장개산은 속으로 생각했다.

'무림의 여인인 모양이군.'

혜양 땅에 목재나 가죽을 팔러 왔다가 이따금 칼 찬 무림인들을 보기는 했다. 하지만 무림의 여인은 처음이었다. 저렇게 가녀린 몸으로 칼 든 사내들과 싸우고 상대한다고 생각하니 신기하기 짝이 없었다.

"소저가 내 뱃삯을 대신 내주겠다고 했소이까?"

장개산이 물었다.

"그래요."

"왜 그런 것이오?"

"귀하는 배를 타야 할 절박한 이유가 있는 것 같고 내게 이백 냥은 그리 큰돈이 아니기 때문이죠. 무슨 문제라도 있나요?"

'이백 냥이 큰돈이 아니라고?'

"호의는 고맙지만 사양하겠소."

장개산은 정중히 포권을 쥐어 보였다.

세상에 공짜는 없는 법, 처음 보는 사람에게 이유도 없이 함부로 신세를 지고 싶지 않았다. 부잣집 여식이 적선하듯 뿌리는 돈이라면 더더욱. 여자는 흥미롭다는 듯 장개산을 한참이나 뜯어보더니 말했다.

"공짜로 주겠다는 게 아니에요. 제가 배에서 눈을 붙이거나 쉬는 동안 이자를 감시해 줘요. 하면 그쪽의 뱃삯을 대신 내드리죠. 어때요?"

말을 하면서 여자가 밧줄을 휙 잡아당겼다.

말 궁둥이에 붙어 있던 사내가 맥없이 끌려왔다.

장개산은 사내를 일별하고는 다시 여자에게 말했다.

"거절하겠소."

"또 왜죠?"

"나는 소저를 알지 못하오. 또한 소저에게 끌려가는 저 사내도 알지 못하오. 저 사내가 만약 억울하게 끌려가는 중이라면, 나는 옳지 않은 일에 한 팔을 거드는 셈이 되지 않겠소?"

여자는 고개를 갸우뚱했다.

뱃삯을 대신 내주겠다는 데도 싫다. 포로를 감시해 달라니 억울한 일에 일조하는 것일지 몰라서 싫다.

세상에 이렇게 답답하고 고지식한 사람이 있나. 하지만 여

자는 오히려 그 때문에 사내가 마음에 들었다. 최소한 자신의
이득을 위해 불의를 행할 사람은 아닌 것이다.

애초 별생각 없이 호의를 베풀려고 하던 여자는 이제 눈앞
의 사내를 꼭 부리고 싶어졌다.

"이자는 유광도라는 자로 두 달 전 복건(福建)에서 일가족
다섯을 죽이고 도주한 흉악범이에요. 저는 청부를 받고 한 달
동안이나 그를 추격한 끝에 사로잡아 끌고 가는 중이죠. 이만
하면 됐나요?"

사람을 다섯이나 죽인 흉악범이라는 말에 갑판 위의 선객
들이 크게 술렁거렸다. 생긴 것과 다르다느니, 말세라느니 하
는 말들이 끊임없이 흘러나왔다.

장개산은 생각했다.

'청부? 현상금 사냥꾼인가?

좋은 집안에서 자란 철부지 아가씨일 거라고 생각하던 장
개산은 조금 뜻밖이었다. 청부를 받고 홀로 악인을 추격, 생
포할 정도라면 배짱 두둑한 여협이 아닌가.

유광도가 누군지는 모른다.

하지만 본인이 아무런 변명을 하지 않는 걸 보면 거짓이지
는 않을 터, 장개산은 사내를 맡기로 했다. 성큼 다가가 여자
로부터 밧줄을 건네받은 장개산은 사내를 끌고 보무도 당당
하게 배로 올랐다.

선주는 난감한 기색이 역력했다.

흉악범을 배에 태우고 가려니 아무래도 찜찜했던 탓이다. 하지만 칼 찬 무림의 여인을 상대로 대놓고 거절할 수는 없었기에 말은 배에 태울 수 없다는 말로 얼버무렸다. 여자는 이 문제를 너무나 간단하게 해결했다. 돈으로.

*　　　*　　　*

선객 이십여 명을 태운 배는 한가롭게 여정을 시작했다. 사람들은 차양 아래 모여 앉아 육포를 나눠 먹거나 주위의 풍광을 감상했다.

장개산은 유광도를 돛대로 끌고 간 다음 두 팔을 뒤로 둘러 튼튼하게 묶어두었다. 매듭이라면 지난날 청옥산에서 교목을 끌 때 수없이 묶어보았기에 자신있었다.

그러고 나니 딱히 할 일이 없었다.

애초의 의뢰는 죄인을 지키고 감시하는 것이었지만 이미 포로로 잡아 단단히 속박까지 한 터에 달리 할 일이 있을 까닭이 없다. 굳이 할 일이라면 끼니때마다 밥을 챙겨주는 것과 이따금 포박을 점검하는 정도?

대신 장개산은 여자가 타고 온 말을 돌보았다.

사람과 달리 말은 손이 많이 갔다.

어쩌다 배가 크게 흔들리기라도 하면 놀라 날뛰지 않도록 목을 잡아주어야 했고, 강남의 뜨거운 태양 아래 화상을 입지 않도록 반 시진마다 그늘을 따라 고삐도 옮겨 매야 했다.

가장 골칫거리는 똥이었다. 그냥 발로 한 번 툭 차버리면 그만인 육지와 달리 배 안에선 똥을 치우고 강물을 길어다 갑판까지 싹싹 씻어내야 했다.

하지만 장개산은 즐겁게 그 일을 했다.

오래전, 팔다리에 아직 힘이 붙지 않았을 때 사부는 통나무를 끌게 할 요량으로 억센 말 한 필을 사가지고 왔다. 어린 장개산에게 그 커다랗고 검은 짐승은 경외의 대상이었다.

장개산은 통나무를 끌게 하는 대신 말을 타고 날이 저물도록 온 산을 쏘다녔다. 이렇게 다시 말을 보니 그때 생각이 새록새록 나서 하나도 힘들지 않았다.

말을 돌보고도 여력이 남자 장개산은 선원들을 도와 이런저런 일들을 했다. 바람이 멎으면 함께 노를 저었고, 돛을 올리고 내릴 때는 밧줄을 잡아당겨 주었다.

장개산의 용력은 놀라운 것이어서 능숙한 선원 서너 명 몫을 넉넉히 해냈다. 그렇게 닷새가 지나자 처음에 경계하던 선주와 선원들은 물론이거니와 선객들까지 장개산을 좋아하게 됐다.

급기야 선주는 장개산에게 자신과 함께 본격적으로 일을

해보지 않겠느냐고 타진을 해왔다. 급료는 다른 선원의 두 배를 주겠다면서. 장개산은 일없다고 했다. 선주는 크게 아쉬워했다.

장개산에게 흉악범의 감시를 의뢰했던 초립여인은 신비로웠다. 그녀는 갑판을 떠난 적이 없었다. 밤이 되면 선객들이 갑판 아래의 선실로 들어가 잠을 청하곤 하는 것과 달리 그녀는 밤이고 낮이고 선미의 난간에 기대어 앉아 있었다.

초립을 눌러쓰고 가슴에는 검을 품은 채 잠깐씩 눈을 붙이기는 했지만 그때마저도 함부로 접근하기 어려운 기도를 풍겼다. 살짝만 건드려도 폭발할 것 같은 탄력이 느껴진다고나 할까.

그런 그녀도 이따금 몸을 일으킬 때가 있었다.

주변 강변에 울창한 숲이 나타나거나 저 멀리 수상한 배들이 보이면 그녀는 자리에서 일어나 십리경을 뽑아 들고 사위를 살폈다. 그러다 아무 일 없음을 확인하고는 또다시 가슴에 검을 품고 잠을 청했다.

배는 하루에 한 번 정도 강변의 포구에 들렀다. 그때마다 사람들이 내리고 또 새로운 선객들이 탔다. 배가 포구에 정박하는 한식경 동안에는 어린 장사꾼들이 갑판 위로 올라와 만두와 삶은 계란 등속을 팔았다.

덕분에 선객들은 간단하게나마 따뜻한 음식을 맛볼 수 있었다. 주머니 사정이 괜찮은 선객들은 배에서 내려 부둣가에 즐비한 좌판에서 국물이 있는 담가면 등을 사 먹기도 했다.

장개산은 돛이 만들어 준 그늘에 앉아 유광도를 감시하는 한편 부둣가에서 벌어지는 광경을 지켜보았다. 장개산에겐 모든 것이 신기하고 재밌는 풍광이었다.

외팔이 소년 하나가 만두통을 짊어지고 배에 올랐다. 열두세 살이나 되었을까? 소년은 잠시 배 안을 이리저리 둘러보더니 저만치 선미의 난간에 기대어 앉아 고개를 숙이고 있는 초립여인에게 다가갔다.

"만두 좀 드셔 보실래요?"

"……."

"한번 드셔 보세요. 꿩고기를 다져 넣고 만든 거라 엄청 맛있어요. 정말이에요."

초립여인은 아무 말이 없었다. 초립을 푹 눌러쓴 채 소년을 한번 쳐다보지도 않았다. 하지만 소년은 쉽게 물러날 기세가 아니었다.

소년은 만두통을 바닥에 놓더니 뚜껑을 열어 파초잎에 정성스럽게 싼 왕만두 세 개를 꺼내 보였다.

"다 팔고 세 개만 남았어요. 날씨도 덥고 집에 있는 어린 동생도 걱정되고, 닷 냥에 모두 드릴게요. 네?"

초립여인은 소매를 뒤져 닷 냥을 꺼내더니 소년의 만두통에 얹어 놓았다. 그러곤 다시 팔짱을 끼고 말했다.

"만두는 됐어."

소년의 눈동자가 갑자기 흔들렸다.

소년은 닷 냥을 집어 여자의 발치에 도로 내려놓으며 말했다.

"전 거지가 아닙니다."

소년은 만두를 다시 집어넣고는 일어섰다. 더는 이 배에서 만두를 팔 생각이 없는 듯 소년은 갑판을 가로질러 갔다. 한 걸음, 두 걸음, 소년이 발걸음을 옮겨가는 와중에도 초립여인은 여전히 고개 한번 들지 않았다.

"만두 세 개만 줘."

소년이 돛대 옆을 지나갈 때 장개산이 말했다.

소년이 우뚝 걸음을 멈추었다. 하지만 소년은 선뜻 다가오지 않고 뒤쪽의 초립여인을 힐끗 돌아보았다.

"만두 달라니까."

장개산이 거듭 재촉을 해서야 소년이 다가와 왕만두 세 개를 꺼내 놓았다. 초립여인에게 입은 마음의 상처 때문일까? 소년은 남은 만두를 모두 팔았음에도 불구하고 전혀 기쁜 기색이 아니었다.

그때쯤 포구의 반점으로 식사를 하러 갔던 선주와 선원들이 돌아왔다. 배가 곧 떠날 듯하자 부둣가에서 군것질하던 선객들도 우르르 배에 오르기 시작했다.

닷 냥을 받은 소년은 꾸뻑 절을 한 후 재빨리 배에서 내렸다. 저만치 달려가는 소년의 소맷자락이 유난히 헐렁해 보였다.

사부도 외팔이였다.

장개산은 젊은 시절 사부가 세상에서 받았을 대접에 가슴 한쪽이 쓸쓸했다.

꿩고기를 다져 넣었다더니 만두는 제법 맛있었다. 장개산은 두 개를 게 눈 감추듯 먹어치운 후 하나를 유광도에게 내밀었다.

"하나 먹어 보겠소?"

유광도는 만두에는 눈길 한번 주지 않고 장개산을 한심하다는 듯 노려보았다. 눈동자가 제법 매서웠다.

그때였다.

"비켜!"

거친 한마디와 함께 누군가 장개산의 손목을 툭 차고 지나갔다. 그 바람에 만두가 바닥에 떨어졌고, 그걸 또 다른 누군가 질끈 밟아버렸다.

장개산은 착 가라앉은 눈으로 고개를 들었다. 왼쪽 볼에 검상을 아로새긴 사내가 장개산을 지나쳐 차양 아래로 들어가는 중이었다.

곁에는 일행인 듯한 사내가 둘 더 있었다. 하나같이 건장한 체구에 험악한 인상을 지닌 자들이었다. 새로 배에 오른 선객들인 듯했다.

배가 출발하려고 하자 부둣가를 기웃거리던 선객들이 한꺼번에 올라타면서 생긴 불상사였다. 하지만 남의 귀한 끼니를 밟아놓고 사과 한마디 없는 건 조금 심하지 않은가.

그 순간 장개산은 자신을 향해 쏟아지는 두 줄기의 싸늘한 시선을 느낄 수 있었다. 뱃머리에 선 선주와 선미의 초립여인이 그 시선의 주인들이었다.

말은 않지만 선주는 말썽이 일어나질 않길 바라는 마음이 간절한 것 같았고, 초립여인은 장개산이 어떻게 반응할지를 두고 흥미로워하는 것 같았다.

"아까운 만두만 버렸군."

장개산은 떡이 된 만두를 주워 강물에 휘휘 풀어주었다. 잉어 몇 마리가 달려들어 만두를 먹어댔다. 그제야 안심을 한 선주가 선원들을 향해 힘차게 외쳤다.

"출발하자고."

배는 무탈하게 다시 여정을 시작했다.

장개산의 단조로운 일상도 반복되었다. 유광도를 감시하고 말을 돌보았으며 선원들을 도왔다. 그러고도 남는 시간엔

돛 그늘에 앉아 강변의 풍광을 감상했다.

울창한 숲과 산릉만 보며 살아온 장개산에게 구불구불 이어진 강변과 곳곳에 새 둥지처럼 자리한 마을은 생경하면서도 한편으로는 정겨운 풍광이었다. 이따금 마을 앞 얕은 물가에서 수면을 박차고 달리는 아이들에게 느껴지는 역동감은 또 다른 즐거움이었다.

문제는 엄청나게 쏟아지는 졸음이었다.

만두로 속을 든든하게 채운 데다 따사로운 햇볕까지 내리쬐자 잠귀신이 착 달라붙어 떨어질 줄을 몰랐다.

장개산은 꾹 참았다.

유광도를 지켜야 하는 임무도 있었지만 심심할 만하면 나타나 눈을 즐겁게 해주는 어촌의 풍경들이 놓치기엔 너무나 아까웠기 때문이다.

선객들은 앞서 포구에서 올라탄 사람들에게 흠뻑 빠졌다. 장개산의 만두를 밟아 뭉개뜨렸던 바로 그 사람들이었다. 그들은 선객들이 보는 앞에서 귀뚜라미 두 마리를 조롱 속에 넣고 싸움을 시켰다.

처음엔 그냥 지켜만 보던 선객들은 시간이 흐를수록 점점 흥분했다. 손가락 끝 마디만 한 귀뚜라미들이 목숨을 걸고 치고받는 모습이 제법 박진감이 넘쳤던 모양이다.

급기야 몇몇 사람이 돈까지 걸었다. 돈을 거는 사람들은 점점 많아졌고 액수도 높아갔다. 덕분에 배 안이 아침나절과 달리 잔뜩 소란스러워졌다.

"솔객(蟀客)이라는 장사치들일세."

어느새 다가온 선주가 말했다.

오십 줄의 노인인데 지난 며칠 동안 부쩍 친해진 탓인지 선주는 편하게 말을 놓았다. 장개산도 당연하게 생각했다.

"⋯⋯?"

"귀뚜라미를 싸움시키는 사람들 말일세. 투실(斗蟋)이라는 도박인데 강남인들이 밥 먹는 것 다음으로 좋아하는 놀이지."

"배에서 도박판이 벌어지다니 신기하군요."

"배를 타고 먼 길을 가다 보면 다들 심심해하게 마련이니 그 틈을 타고 저렇게 장사를 하는 것이지. 귀뚜라미 몇 마리와 조롱 하나만 있으면 되니 크게 밑천 들 일도 별로 없고."

"사람들이 꽤 거칠어 보였습니다만."

"푼돈이라도 돈이 오가는 일이니까. 갖가지 시비가 생기게 마련이니 사람도 자연히 거칠어질밖에. 모르긴 해도 품속에 비수 한 자루씩은 품고 다닐 걸세. 자네 같은 덩치를 보고 겁을 집어먹지 않은 것도 그 때문이고."

"그랬군요."

장개산은 또 한 번 눈을 뜬 기분이었다.

세상에는 정말 별의별 장사꾼들이 다 있다는 생각이 들었다.

"한데 졸리지 않는가?"

"그렇지 않아도 졸려 죽을 것 같습니다."

"단지 그것뿐인가?"

"아직까진 참을 만합니다."

선주는 뭐 이런 괴물이 다 있나 하는 표정으로 장개산을 한참이나 아래위로 훑어보았다. 그러다 잠시 주변을 둘러보았다. 장개산은 그가 초립여인을 찾고 있다는 직감적으로 알 수 있었다.

갑판이 소란스러워서였을까?

초립여인은 어두워지기 전에 눈이라도 잠깐 붙이려는 듯 조금 전 갑판 아래의 선실로 내려갔다. 선주는 기다렸다는 듯이 장개산의 곁으로 다가왔던 터였다. 그럼에도 불구하고 다시 주변을 살펴 초립여인의 부재를 확인하려는 것은 이제부터 하려는 이야기가 그만큼 위험하기 때문이리라.

"자네 저 친구에 대해 얼마나 알고 있나?"

선주가 돛대에 묶여 축 늘어진 유광도를 힐끔 가리키며 물었다. 예상대로 한층 낮아진 목소리였다.

"모릅니다."

"그랬을 테지. 그가 누군지를 알았다면 그처럼 쉽게 제안을 받아들이지 않았을 테니까."

"……?"

"그에겐 형이 한 명 있네. 혈선풍(血旋風) 유길도라는 자인데 흑수당(黑手黨)의 수괴로 한 자루 대감도를 귀신같이 휘두르지."

대감도는 무게가 육십 근에 육박하는 중병기다. 그런 중병기를 자유자재로 다룬다면 완력 또한 예사롭지 않을 터. 하지만 장개산은 유광도의 형이라는 작자가 대감도를 무기로 쓴다는 것보다 혈선풍이라는 과장된 별호에 헛웃음이 나왔다.

피를 뿌리는 돌개바람이라니…….

장개산의 표정에서 속내를 읽었음인지 선주가 정색하고 말했다.

"가볍게 볼 일이 아니네. 그는 정말 무서운 사람이라네. 오죽하면 강호인들이 혈선풍이라는 별호를 붙여주었을까. 그는 사람을 셀 수도 없이 죽인 살인마일세."

동생은 살인범 형은 살인마. 정말 잘들 논다는 생각이 들었다.

"한데 앞서 들렀던 창랑촌의 반점에서 유광도와 비슷하게 생긴 사람을 보았네. 험악한 인상의 칼잡이들과 함께 있었지."

여기까지 말을 해놓고 선주는 장개산의 표정을 살폈다. 마치 어서 놀라라는 듯, 그러면 내가 더욱 놀랄 일을 말해주겠다는 듯. 하지만 장개산은 전혀 놀라지 않았다.

"그래서요?"

"상황 파악이 잘 안 되는 모양인데 유길도가 나타났네. 게다가 이 배에는 그의 수하들이 이미 타고 있고."

선주가 말하는 그들이 누구인지를 짐작하는 것은 어렵지 않았다. 솔객으로 위장하고 탄 세 사람이 바로 혈선풍의 수하들일 것이다.

"초립여인에게 말해야겠군요."

"누구 죽는 꼴 보고 싶나!"

선주가 갑자기 목소리를 쥐어짰다.

그는 바짝 긴장한 얼굴로 주위를 다시 한 번 살피고는 목소리를 더욱 낮췄다.

"반 시진쯤 지나 배를 무창 포구에 정박시킬 것이네. 원래는 마을 사람이 스무 명도 채 안 되는 외딴 마을이라 그냥 지나칠 예정이었지만… 그렇게 되었네. 포구 옆에는 숲이 하나 있어. 배가 강변에 닿거들랑 뒤도 돌아보지 말고 숲으로 내빼게."

장개산은 선주가 혈선풍이라는 자에게 협박받고 있음을 알 수 있었다.

"그렇게 되면 초립여인이 위험해집니다."

"무림인들이야 어차피 칼끝에 인생을 거는 자들이 아닌가. 그리 억울할 것도, 불쌍할 것도 없네. 우리가 관여할 일도 아니고."

"그녀는 위험을 무릅쓰고 살인마를 한 달 동안이나 추격한 끝에 잡아가는 길입니다. 살인마로부터 바로 선주님과 같은 양민들을 지키기 위해. 그런 그녀를 도와주지는 못할 망정 놈들에게 던져주자는 말씀이십니까?"

"자네 말처럼 난 양민일세. 좀 더 솔직히 말하면 내 앞가림하기도 바쁜 소심한 양민이지. 얼굴도 모르는 양민들보다 내 배에 탄 선객, 내 선원들의 목숨이 더 중요하네."

오십 줄의 선주와 장개산 사이에 한동안 불꽃 튀는 눈싸움이 이어졌다. 잠시 후, 장개산이 체념한 듯 물었다.

"왜 제게 이런 얘기를 해주시는 겁니까?"

"지난 며칠 겪어보고 자네가 마음에 들었네. 나와 선원들이야 달리 일조한 것이 없으니 목숨은 부지하겠지만 자네는 다르네. 잡히면 목숨을 부지할 수 없을 걸세."

"왜죠?"

"자네가 그들의 작전을 방해했거든."

"……?"

"애초 그들은 초립여인에게 미혼약을 먹여 잠재운 다음 배를 탈취할 예정이었네. 한데 자네가 그 미혼약을 대신 먹었어."

"만두……!"

"이제야 눈치를 챈 모양이군."

그 외팔이 소년이 유길도의 사주를 받았나 보다. 장개산은 그제야 만두를 모두 팔고도 소년이 하나도 기뻐하지 않던 이유를 알 수 있었다. 더불어 유광도에게 먹이려 했던 만두를 솔객이 차서 밟아버린 이유도.

"보통 사람들 같으면 정신을 잃었어도 벌써 잃었을 터인데, 어떻게 된 영문인지 모르지만 자네 창자도 정말 대단하이. 아무튼 내 말 명심하게."

선주는 장개산의 어깨를 두어 번 두들겨 주고 원래의 자리로 돌아갔다.

홀로 남은 장개산은 얼떨떨했다.

목옥을 떠나기 전날 밤, 사부는 강호로 나가거든 예쁜 여자와 아이들을 조심하라고 했다. 한데 장개산은 하루도 안 돼 무림의 여자와 엮이고 아이에게 속았다. 여자의 경우야 자신이 자처한 것이니 그렇다고 쳐도 아이에게 속은 건 정말 어이가 없었다.

하지만 실망하지 않았다.

처음부터 모든 걸 알 수는 없다. 천하를 호령하는 절정고수도 이것저것 실수를 하고 다니던 무림초출의 시절이 있지 않겠는가. 중요한 건 오늘의 교훈을 잊지 않는 거다.

'한 수 배웠군.'

장개산은 선실 쪽을 돌아보았다.

여자는 아직도 나올 생각이 없었다.

상황이 어떻게 돌아가는지 그녀는 알기나 하는 걸까?

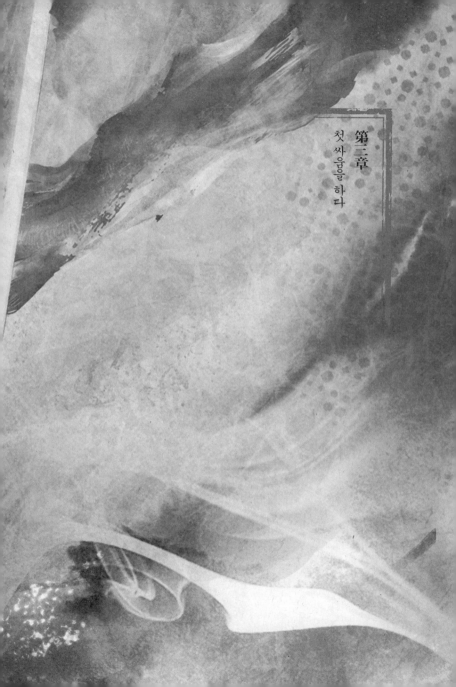

第二章

첫 싸움을 하다

"이름이 뭐지?"

갑작스럽게 말을 걸어온 사람은 유광도였다. 그는 돛대에
두 팔을 뒤돌려 단단히 묶인 상태에서도 시종일관 당당했다.
장개산은 그가 처음부터 잠들지 않았음을 잘 알고 있었다.

"통성명을 할 사이는 아니지 않나?"

장개산의 말투가 하대로 바뀌었다.

적의가 생긴 것이다.

"미혼약을 먹고도 버티는 몸이라……. 타고난 체질인가?
아니면 독특한 내공심법이라도 익혔나? 뭐, 아무래도 상관없겠지. 하지만 너무 자만하지 말라고. 섣부른 재주만 믿고 설치다간 죽기 딱 좋은 곳이 무림이거든. 특히 너 같은 초출의 경우엔 말이야."

"나를 잘 아는 것처럼 말하는군."

"칼밥을 오래 먹다 보면 보이는 게 있지."

"그래서 뭐가 보이나?"

"중병기를 익혔군. 아마도 도끼였겠지? 벌목한 나무를 끌고 온 산을 휘저었으니 근육이 부풀밖에. 하지만 싸울 때 쓰는 근육과 노동을 할 때 필요한 근육은 따로 있지. 나머지는 몸을 둔하게만 만들 뿐 실전에선 외려 없는 것만 못해."

장개산은 놀라지 않았다.

무림인들은 상대의 걸음걸이만 봐도 무공 수위를 짐작한다고 했다. 무림인을 만날 수 없었던 장개산은 맹수의 체형과 발자국, 기세, 울음소리, 싸우는 방식, 천적 등을 통해 안법(眼法)을 배웠다. 제종산문에선 사람과 맹수가 다르지 않다고 가르친다.

상대의 체형을 보고 어떤 종류의 무공을 익혔는지 짐작하는 것은 그리 신기한 재주랄 것도 없다. 게다가 유광도는 장개산이 선주와 나누는 얘기도 들어 벌목꾼이었다는 사실을 이미 알고 있었다.

장개산이 의아해한 것은 유광도가 자신을 살폈다는 사실

이었다.

그렇게 할 이유가 없지 않은가.

"무림인들은 모두 너처럼 약삭빠른가?"

"무림인이 아니면 약삭빠르지 않을 것 같나?"

"적어도 처음부터 적의를 갖고 사람을 대하진 않지."

"그래서 당하고 살 수밖에 없는 거야."

"너에게 죽은 일가족처럼?"

"범이 토끼를 사냥하는 게 문제가 되나?"

"……!"

"후후, 강호는 맹수가 우글거리는 밀림과도 같아. 중요한 건 어떻게 포식자의 위치를 차지하느냐는 거야. 좋은 놈 나쁜 놈? 그딴 건 내가 칼에 맞는 순간 아무짝에도 쓸모없는 말장난에 불과하지."

장개산은 능글능글 웃는 녀석의 면상에 주먹이라도 꽂아 주고 싶은 걸 꾹 참았다. 자신이 맡은 일은 지키고 감시하는 것이지 두들겨 패는 것이 아니었으므로.

"이렇게 만난 것도 인연인데, 한 가지 조언이나 해줄까? 강호에서 사람을 만나면 가장 먼저 상대를 파악해. 무림인인지 아닌지, 무림인이라면 어떤 병기를 쓰는지, 익힌 장기가 무엇인지, 실력이 어느 정도인지, 암기를 숨겨두진 않았는지. 그래야 만약의 사태가 발생했을 경우 한 발 먼저 손을 쓸 수 있거든. 아마 네게 날 감시하라고 명령한 여자도 그랬을걸."

"그건 거래였다."

장개산은 유광도의 말을 정정했다.

"이것 봐, 애송이. 그런 건 거래라고 하는 게 아니야. 거래
는 상대에게 선택의 여지가 있을 때나 하는 말이지. 그리고
여자에게 너무 고마워할 것도 없어. 그 여잔 단지 필요에 의
해 너를 이용했을 뿐이니까."

"내 일은 내가 알아서 하지."

"후후, 제법 강단이 있군. 마음에 들어. 네 목숨은 내가 보
장하지. 도망갈 필요 없다. 단, 포구에 닿으면 가장 먼저 내려
배를 최대한 뭍으로 끌어 올려놓아라. 힘 하나는 내세울 만하
니 그 정도는 할 수 있겠지?"

배를 뭍으로 끌어 올려놓으면 초립여인이 배를 타고 도주
할 수가 없다. 장개산은 유광도가 단순히 탈출이 목표가 아니
라 초립여인을 생포하려 한다는 걸 알 수 있었다.

그때 선실로 들어갔던 초립여인이 나왔다.

유광도는 장개산을 향해 한 차례 눈을 찡긋해 보이고는 다
시 돛대에 기대어 자는 척을 했다.

무창 포구는 머지않아 나타났다.

선주와 선원들은 자연스럽게 돛을 내리고 배를 포구로 몰

아갔다. 포구에는 아이들이 나와 물놀이를 하고 있었다.

왁자지껄하게 떠드는 아이들로부터 멀지 않은 곳에는 대여섯 명의 어른이 찢어진 그물을 손질하거나 폐선을 수리하는 중이었다.

평화롭기 짝이 없는 강촌의 풍경, 하지만 저 평온함 속에 살벌한 흉계와 위험이 도사리고 있음을 장개산은 느낄 수 있었다.

장개산은 다시 갑판으로 시선을 던졌다.

선객들은 여전히 투실판에 정신을 빼앗겨 아무것도 몰랐다. 초립여인은 선미에 서서 항상 그래 왔던 것처럼 포구와 주변의 풍광을 눈에 담을 뿐이었다.

배는 어느새 포구를 이십여 장 정도 남겨두었다. 투실판에 빠져 있던 물색 모르는 선객 하나가 고개를 쭉 빼고는 말했다.

"어랍쇼? 이 배가 무창 포구에도 들렀었나?"

선주와 선원들의 표정이 흠칫 굳어졌다.

그때 솔객 중 하나가 고개를 힐끔 돌리더니 말했다.

"이런, 벌써 도착했네."

말과 함께 솔객들이 부라부랴 판을 접기 시작했다. 마치 자신들은 처음부터 무창에서 내릴 작정이었다는 듯. 당황했던 선주와 선원들의 표정도 그제야 풀어졌다. 장개산이 뱃머리에 있는 선주와 눈을 마주친 것도 그때였다.

"좀 도와주겠나?"

선주가 말했다.

모진 놈 곁에 있다가 벼락을 맞는다고, 장개산을 유광도와 초립여인으로부터 조금이라도 떨어지도록 해주기 위한 배려였다.

"그러지요."

장개산은 스스럼없이 다가가 삿대를 집어 들었다. 솔객들은 유광도가 잡혀 있는 돛대를 지나쳐 뱃머리로 나와 섰다.

배가 포구에 닿는 순간, 뭍에 있던 어부가 그물 아래 숨겨 둔 장검을 꺼내 던진다. 그럼 뱃머리에 서서 대기하던 세 명의 솔객이 장검을 낚아채 선미의 초립여인을 공격한다. 그 사이 폐선을 수리하던 자들과 그 아래 숨어 있던 자들이 뛰어올라와 협공하는 한편 유광도를 구출해 낸다.

이게 장개산이 본 저들의 작전이었다.

'네놈들 마음대로는 안 될 것이다.'

장개산은 삿대를 힘차게 찍었다.

광동의 특산 참죽으로 만든 삿대가 부러질 듯 휘었다가 펴지는 순간, 뱃머리가 갑자기 방향을 틀었다. 그 바람에 갑판 위에 서 있던 사람들이 중심을 잃고 크게 휘청거렸다.

그 틈을 타 삿대를 뽑은 장개산은 질풍처럼 달려나가며 첫 번째 솔객과 두 번째 솔객의 옆구리를 후려쳤다.

펑! 펑! 소리가 연달아 울렸다.

부지불식간에 일격을 당한 두 명의 솔객은 무얼 어찌해 볼
틈도 없이 비명을 지르며 강물 속으로 풍덩 빠져들었다.

"이런 미친 새끼가!"

세 번째 솔객이 품속에서 단도를 뽑아 들고 장개산을 덮쳐
왔다. 장개산은 삿대를 바깥으로 휘둘러 원심력을 높인 다음
놈의 정수리를 향해 힘껏 내려쳤다.

반룡십팔수의 일수 타암궁사(打岩窮蛇)다.

바위를 때려 그 아래 잠든 뱀을 까무러치게 만든다는 이 수
법으로 장개산은 평생 뱀고기 귀한 줄 모르고 살았다.

당황한 솔객이 황급히 한 팔을 위로 쳐올렸다. 삿대와 솔객
의 팔뚝이 허공에서 격돌했다. 삿대는 솔객의 팔을 부러뜨린
것으로도 모자라 정수리까지 두들겼다.

퍼퍽! 소리와 함께 솔객은 그대로 까무러쳐 주저앉아 버렸
다. 삿대도 무사하지 못하고 박살이 났다. 장개산은 발등으로
쓰러진 솔객의 하복부를 툭 차서 허공으로 띄운 다음 배 밖으
로 휙 던져 버렸다. 풍덩 소리와 함께 마지막 물보라가 일었
다.

차가운 물을 뒤집어쓰자 솔객은 퍼뜩 정신을 차리고는 앞
서 떨어진 동료들과 함께 물장구를 치며 포구로 도망치기 시

작했다.

배 안에 갑자기 정적이 찾아왔다.

느닷없이 벌어진 폭력 사태에 선객과 선원들은 모두 꿀 먹은 벙어리가 되었다. 초립여인은 침잠한 눈을 했고, 선주는 넋 나간 사람처럼 입이 쩍 벌어져 있었다. 장개산은 무슨 일 있었느냐는 듯 얼어붙은 선주를 향해 한가롭게 말했다.

"이제 내릴 사람이 없는 것 같군요. 포구를 보아하니 탈 사람도 없는 것 같은데 굳이 들를 필요가 있겠습니까?"

선주는 초립여인과 유광도를 번갈아 보며 난감해 죽겠다는 표정을 지었다. 이대로 지나치자니 유길도 일당에게 죽을 판이고, 배를 포구에 대자니 장개산과 초립여인을 당해낼 재간이 없다.

그때 어디선가 찢어지는 비명이 울렸다.

"아악!"

사람들의 시선이 일제히 비명이 울린 곳으로 향했다. 장개산과 솔객들의 싸움을 피해 선미로 도망친 선객들 사이에서 승려가 서른 줄의 사내 하나를 인질로 잡고 있었다.

앞서 창랑촌에서 탄 선객 중에 솔객들 외에도 유길도의 수하가 또 하나 있었던 모양, 선객들은 비명을 지르며 달려와 장개산의 뒤쪽으로 숨었다.

장개산은 엉뚱하게 사로잡힌 사내를 가운데 두고 승려와

또다시 대치했다. 승려의 손에는 가사 자락에 숨겨둔 듯한 삼척의 중검(中劍)이 금방이라도 사내의 목을 파고들듯 시퍼런 날을 토했다.

"배는 계속 포구로 간다."

승려가 싸늘한 음성으로 말했다.

선주가 강심으로 배를 몰아가려던 선원들을 향해 한 손을 휘저었다. 가만히 있으라는 뜻이다. 배가 예정대로 포구로 향하고 있음을 확인한 승려가 이번엔 장개산을 향해 말했다.

"그를 풀어줘라."

"싫다."

"애송이, 이게 장난처럼 보이나!"

"당신은 유길도의 명령을 받고 유광도를 구출하러 왔겠지. 한데 당신 때문에 유광도가 죽어버리면 어떻게 될까?"

"뭐?"

"인질을 풀어줘. 셋을 세겠다. 하나, 둘······."

"······!"

"셋."

장개산은 박달나무로 만든 노를 집어 들고는 돛대에 묶여 있는 유광도를 향해 성큼성큼 다가갔다. 이어 노의 끄트머리를 유광도의 얼굴 정면에 대어보며 타격점을 가늠한 후 두 팔을 힘껏 바깥으로 돌렸다. 이대로 안면을 후려쳐서 죽여 버리려는 듯. 그리고 장개산은 정말로 그렇게 했다.

팡!

노가 박살이 나며 흩어졌다.

찰나의 순간 유광도가 고개를 꺾는 바람에 돛대를 가격한 것이다. 노가 없다고 못 죽일쏜가. 장개산은 왼손으로 유광도의 머리카락을 틀어쥐고 돛대에 단단히 붙였다. 이어 돌덩이처럼 단단하게 말아 쥔 오른손 주먹을 활시위 당기듯 어깨 뒤로 당겼다.

거친 산악을 떠돌며 바위를 부수던 주먹이다. 뼈와 살로 이루어진 인간의 얼굴 따위는 한 방에 부수리라. 그의 행동 어디에서도 망설임이라곤 찾아볼 수 없었다. 유광도의 얼굴이 새파랗게 질렸다.

"이런 미친 새끼!"

승려가 맹렬한 돌풍을 일으키며 덮쳐 왔다. 쭉 뻗은 손에는 중검이 들려 있었다. 눈 깜짝할 사이에 대여섯 장의 거리가 사라져 버렸다. 세상에 나와 무림인이라 할 수 있는 사람과 처음으로 겪는 실전이었다. 흡사 질풍과도 같은 이 한 수가 장개산에겐 신세계와도 같았다.

그때 장개산은 보았다.

머리로 생각하기도 전에 먼저 반응하는 자신의 몸을. 장개산은 연거푸 세 걸음을 물러나며 승려와의 거리를 확보했다.

상대의 박자를 흩뜨려 반격의 기회를 잡기 위해서였다. 동시에 주먹을 바깥으로 향한 채 반원을 그려갔다. 이 한 수로 승려가 쓰러질 것임을 의심치 않았다.

하지만 그런 일은 일어나지 않았다.

불과 반 걸음을 남겨두고 승려의 상체가 갑자기 활처럼 뒤집어지는 것이었다.

쿵! 소리를 내며 고꾸라지는 승려의 뒤로 검을 좌하방으로 향하게 한 채 서 있는 초립여인이 보였다. 엎어진 승려의 등으로부터 핏물이 흘러나와 갑판을 흥건하게 적셨다.

"죽일 것까진 없었잖소."

장개산이 말했다.

사실 장개산은 유광도를 진짜로 죽일 생각은 없었다. 승려가 유길도의 명령을 받고 유광도를 구출하러 온 것이 분명한 이상, 감히 유광도의 목숨을 걸고 도박을 하지 못할 거라는 확신에서 한번 배짱을 부려본 것이었다. 한데 초립여인이 단일검에 승려의 숨통을 끊어놓아 버렸다.

"그가 죽지 않았다면 당신이 죽었겠죠."

초립여인이 말했다.

여자는 몰랐다.

장개산의 세 걸음 후퇴가 상대의 박자를 흩뜨리기 위한 제종산문의 보법임을, 승려의 등에 가려져 보이지 않았을 때 장개산이 강맹한 주먹을 준비하고 있었음을.

장개산은 굳이 내색하지 않았다.

초립여인은 검을 바깥으로 휘둘러 피를 털어낸 후 다시 검집에 꽂았다. 이어 쓰러진 승려를 발로 휘딱 뒤집은 다음 목덜미를 문질러 댔다.

그러자 놀랍게도 가죽이 일어나기 시작했다. 초립여인은 가죽을 양손으로 주욱 잡아 벗겼다. 목덜미에서 시작해 왼쪽 뺨까지 이어지는 섬뜩한 뱀 문신을 한 대머리 사내가 모습을 드러냈다.

초립여인은 시체를 강물에 던져 버린 후 선주를 향해 날카로운 시선을 던졌다. 다시 배를 돌리라는 뜻이다.

선주는 한숨을 푹푹 쉬었다.

배는 포구를 이십여 장 정도 남겨두고 급박하게 방향을 틀어 강심으로 나아갔다. 포구에서는 그물을 손질하던 자들과 폐선을 수리하던 자들이 착 가라앉은 얼굴로 멀어져 가는 여선을 지켜보고 있었다.

"삿대질 솜씨가 대단하더군요."

초립여인이 장개산에게 다가와 말했다.

"매양 하던 일이었으니까."

"솔객들이 그들과 한패라는 건 어떻게 알았죠?"

"선주가 말해줬소. 그는 무창 포구에 배를 대라는 협박을 받았고."

"한데 왜 거절했죠?"

"거래를 했잖소. 내가 놈을 지키면 당신이 내 뱃삯을 대신 내주기로."

"단지 그것뿐인가요?"

"그렇소."

장개산은 단호했다.

하지만 초립여인은 그게 전부가 아님을 알고 있었다. 애초 그녀는 무언가 음모가 진행되고 있음을 눈치챘다. 해서 눈을 붙이려는 척 선실로 내려간 다음 지청술을 펼쳐 갑판 위에서 오가는 대화들을 엿들었다.

선주가 배를 무창 포구에 댈 것이라고 했을 때 장개산이 적들에게 자신을 넘겨줄 수 없다고 했던 말을 그녀는 똑똑히 기억하고 있었다. 초립여인의 입가에 잠시 미소가 걸렸다 사라지는 걸 본 사람은 아무도 없었다.

"죽은 자는 흑수당 서열 칠 위의 고수로 사람을 서른 명도 더 죽인 살인마예요. 그들은 주로 무공을 익힌 젊은 남녀를 사냥하죠. 그 과정에서 양민들의 피해가 발생하는 건 목격자가 있을 경우 살인멸구하기 때문이고요."

"사냥?"

"흑수당은 모종의 사람들에게 죽은 지 열흘 이내의 인간

사체를 공급해요. 무공을 익힌 사람들에겐 단전에 보통 사람들과는 다른 기운이 쌓이는데, 그들의 고객이 그런 시체의 시기(屍氣)를 필요로 하죠."

"좌도방문(左道旁門)!"

"수년 전부터 강호엔 출처를 알 수 없는 좌도방문의 무공서들이 급속도로 유포되기 시작했어요. 하나같이 세상을 떨어 울리는 극강의 무학들이었죠. 그중 하나만 익혀도 능히 일성(一省)을 질타할 수 있을 만큼."

"그들이 누구인지 알고 있소?"

"정확한 명단은 흑수당 내에서도 당주인 유길도만이 알고 있어요."

이미 무공을 익혀 보통 사람들보다 월등히 강한 무림인들이 더욱 강해지기 위해 좌도방문의 무공을 익힌다?

무공 역시 엄연한 학문일진대, 도대체 그들에게 무학은 무엇일까? 장개산은 인간 본성의 어두운 단면을 본 것 같아 씁쓸하기 짝이 없었다. 그러다 문득 머리를 스치고 가는 생각이 있었다.

"당신… 유광도가 목적이 아니군."

"맞아요. 원래의 계획은 저 혼자 유광도를 호송하는 척 가장하면서 그의 형이자 흑수당 당주인 유길도를 유인하는 거였어요. 애초의 계산대로였다면 놈들은 무진(茂珍)에서 나타나야 했어요. 하면 무진 포구에 숨어 있던 저의 동료들이 나타나 유길도 일당을 일망타진하기로 되어 있었죠."

"무진은 얼마나 더 가야 하오?"

"내일 아침이면 도착할 거예요, 예정대로라면."

"놈들이 눈치를 챘군."

"그런 것 같아요. 당신에겐 여러모로 미안하게 되었군요."

"미안하단 한마디로 넘어갈 일이 아닌 듯하오만. 이렇게까지 복잡하고 위험한 사정을 숨기고 나를 끌어들였잖소. 아는지 모르지만 난 소저가 먹어야 할 미혼약까지 대신 먹었소. 그 때문에 지금도 졸음이 쏟아져 죽을 판이고."

말과 함께 장개산은 갑자기 돛대로 다가갔다. 이어 돛에 매달린 밧줄을 풀어 유광도의 사지를 사냥한 돼지처럼 하나로 묶기 시작했다.

"권주를 마다하고 벌주를 택하는구나. 단언컨대 네놈은 오늘을 넘기지 못하고 목이 떨어질 것이다!"

유광도가 독설을 퍼부었다.

그러거나 말거나 장개산은 치렁하게 늘어진 또 다른 밧줄을 힘껏 잡아당겼다. 돛과 함께 사지를 하나로 묶인 유광도가 삼장 높이의 꼭대기까지 주르륵 달려 올라갔다.

이렇게 해놓으면 누군가 뱃전으로 올라와 유광도를 구출하려 할 때 애를 먹게 된다. 유사시 이쪽에서 밧줄을 끊어 유광도를 갑판에 곤두박질치게 만들 수도 있다.

눈 깜짝할 사이에 유광도는 포로에서 인질로 변해 버린 것이다.

장개산은 마지막으로 선주에게 만든 지 얼마 되지 않은 노한 자루를 달라고 부탁했다. 선주가 박달나무로 만든 노를 가져다주자 장개산은 그걸 밧줄에 묶어 강물에 푹 담가두었다. 그러고는 무슨 일 있었느냐는 듯 뱃머리에 태연하게 서서 시원하게 뻗은 강과 넘실대는 파도를 다시 구경했다.

*　　　*　　　*

오늘을 넘기지 못할 것이라는 유광도의 경고는 일단 맞았다. 해가 뉘엿뉘엿 지기 시작할 무렵, 인적이 없는 강변 숲으로부터 정체불명의 배 다섯 척이 나타나 여선을 향해 빠른 속도로 미끄러져 오기 시작한 것이다.

다수의 적을 대하자 가장 먼저 떠오른 것은 활이었다. 사람들은 몰랐지만 지금 돛대 밑 장개산이 있던 자리엔 활과 화살 열 대가 갈포에 싸여 있었다.

아직 수십여 장의 거리가 남아 있는 지금 활을 쏜다면 최소 다섯은 쓰러뜨릴 자신이 있었다. 그럼 백병전이 벌어졌을 때 상대해야 할 적들이 훨씬 줄어든다.

하지만 죽이지 않고 부상만 입힌다는 보장이 없다. 아무리 흉신악살이라고 해도 살인은 달갑지 않았다. 그로 인해 사태가 극단적으로 치달을 수 있다는 것도 문제다.

'일단 좀 더 지켜보자.'

"선실에 몇 사람이나 들어갈 수 있습니까?"

장개산이 선주에게 물었다.

"포구를 거치면서 운송을 위탁한 미곡섬이 잔뜩 쌓였네. 구겨 넣어도 열을 넘지 못할 걸세."

선주가 말했다.

갑판 위에 있는 선객들의 수는 대략 열 명을 선실로 피신시켜도 스무 명이 남는다.

"여자와 아이들을 선실로 대피시키고 나머지는 우리와 최대한 떨어져 있게 하십시오."

"알았네."

선주의 지휘 아래 선원들은 여자와 아이들을 골라 선실에 집어넣고 나머지는 선미 쪽으로 대피시켰다.

그 사이 정체불명의 배는 십여 장의 거리까지 접근해 왔다. 인근 어촌에서 약탈한 것이 분명한 다섯 척의 소선에는 척당 세 명씩, 무려 열다섯이나 되는 인원이 타고 있었다.

그들은 하나같이 각양각색의 복색에 시퍼런 병장기들을 패용했는데 전신에서 뿜어져 나오는 기세가 가히 피바람이라도 일으킬 것처럼 위협적이었다. 그중 하나, 발군의 기도를 풍기는 자가 있었다.

서른 살가량이나 되었을까?

떡 벌어진 어깨를 따라 대감도를 가로질러 맨 그는 눈이 번쩍 뜨일 정도로 준수했다. 단순히 잘생기기만 한 것이 아니라 사내대장부로서의 당당함 같은 것이 느껴진다고 할까? 이는 장개산이 생각하던 살인마와는 다른 모습이었다.

'고수다.'

장개산은 그가 유길도라는 걸 직감했다.

유길도는 돛대 꼭대기에 돼지처럼 매달린 유광도와 장개산을 차례로 일별한 후 대뜸 초립여인을 향해 말했다.

"오랜만이오, 비연검(飛燕劍)."

그녀의 별호가 비연검인가 보다.

날아가는 제비라. 장개산은 비연검이라는 별호가 날렵한 검초와 산뜻한 자태의 그녀와 매우 잘 어울린다는 생각이 들었다.

그러다 문득 아직 그녀의 이름조차 모르고 있었다는 것을 뒤늦게 깨달았다. 장개산의 이름을 모르기는 여자 역시 마찬가지다. 두 사람 모두 그저 스쳐 가는 인연이라 생각했던 탓일 게다.

그녀는 꽤나 유명한 인물인 듯 갑판에 남아 있던 선객들 중

몇 명이 나지막하게 신음을 흘렸다. 특히 선주는 그 어느 때보다 놀란 표정을 지으며 초립여인 비연검을 응시했다. 마치 당신이 정말 비연검이냐는 듯.

"유길도, 내가 누군지 알면서도 앞을 가로막다니. 네놈이 정녕 간이 배 밖으로 나왔구나."

다수의 적을 눈앞에 두고서도 비연검은 한 점의 흔들림도 없었다. 실력의 고하를 떠나 그녀의 그런 당당함은 장개산에게 많은 생각을 하게 했다.

'아무리 무림인이라고는 하나 갓 스물을 넘겼을 것 같은 젊은 여자인데 기개가 대단하구나. 아마도 무림이라는 밀림이 그녀를 저렇게 만들었을 테지.'

장개산이 그런 생각을 하는 사이 유길도와 비연검의 대화가 이어졌다.

"귀하는 두렵지 않소. 다만 귀하의 배경이 두려울 뿐. 그럼에도 불구하고 이렇게 막아설 수밖에 없는 것은 귀하가 내 동생을 잡아갔기 때문이지요. 비록 말썽만 피우는 골칫덩어리기는 하나 세상에 남은 유일한 핏줄인데 지켜볼 수만은 없지 않겠소?"

"제 핏줄 귀한 줄을 아는 작자가 어찌 남의 목숨 귀한 줄은 모르는가. 그러고도 네놈이 인간이라 할 수 있느냐?"

비연검은 시퍼런 서슬로 일갈을 했다.

유길도는 빙긋 웃더니 돌연 장개산을 돌아보며 말했다.

"자네가 내 행사를 방해했다는 친구로군."

"……."

"제법 기백있는 행동이었다. 난 그런 사내를 아끼지. 해서 한 번의 기회를 더 주겠다. 지금 즉시 내 동생을 풀어준 다음 조용히 선미로 물러나라. 하면 목숨은 보장하지. 아, 팔 하나는 내놓아야 해. 내 수하가 죽었잖아."

"팔과 목숨을 바꾸자고?"

"네게는 남는 장사지?"

"왜 호의를 베풀지?"

"말했잖나. 난 기백있는 사내를 아낀다고."

"내 손에 동생의 목숨이 달려 있어서가 아니고?"

행사를 방해한 것으로도 모자라 아끼는 수하까지 죽였다. 저들에게 장개산은 당연히 찢어 죽여야 할 대상이다.

그럼에도 불구하고 저렇게 말을 하는 것은 공방이 벌어지는 사이 장개산이 유광도를 죽이는 걸 방지하기 위해서다. 그걸 모를 만큼 장개산은 순진하지 않았다.

"내가 직접 손을 써야 하는 상황이 오면 넌 죽는다."

유길도의 이 한마디에는 지금까지와 달리 강한 경고가 담겨 있었다. 찢어 죽을 듯 노려보는 그의 눈에 담긴 살기가 그것을 증명했다.

하지만 장개산은 단호했다.

"자신있다면 직접 올라와서 그를 데려가라."

순간 유길도의 눈동자에 기광이 맺혔다.

그가 좌우를 돌아보며 가볍게 고개를 끄덕였다. 그러자 다섯 척의 배가 좌우로 흩어지며 열 배나 큰 여선을 에워쌌다.

다섯 척이나 되는 배에 나눠 탄 이유가 여기에 있었다. 놈들은 사방에서 동시에 기어오를 작정이었다.

장개산의 예상은 적중했다.

눈 깜짝할 사이에 갈고리가 달린 밧줄이 사방에서 날아들어 난간을 찍어댔다. 그와 동시에 다섯 명이 밧줄을 힘껏 잡아당겼다. 놈들은 그 반동을 이용해 순식간에 갑판 위로 날아들었다.

비연검이 몸을 날린 것도 동시였다.

그녀의 움직임은 실로 기민했다. 그녀는 먼저 좌방에서 날아드는 자의 발목을 질풍처럼 그어 떨어뜨렸다. 이어 측면을 향해 벼락같이 돌아서며 두 번째 사내의 하복부에 검을 깊숙이 찔러 넣었다.

퍽! 소리와 함께 사내의 상체가 고꾸라졌다.

비연검은 발로 놈의 가슴을 뻥 차서 검을 뽑은 후 머리 위로 떨어지는 또 다른 칼을 쳐 냈다. 칼이 천중으로 팅겨 나간다 싶은 순간 그녀의 검은 어느새 활짝 열린 사내의 앞가슴을 베고 있었다.

"으악!"

비명과 함께 세 번째 사내가 피를 뿌리며 물러났다.

비연검이 좌방을 맡는 사이 장개산은 우방으로 날아드는 적들을 상대했다. 첫 번째 놈은 유엽도를 든 놈이었다. 장개산은 놈이 뱃전으로 떨어지기도 전에 체공 상태에 있는 놈을, 물을 잔뜩 먹어 더욱 단단하고 묵직해진 노로 뻥 쳐서 날려 버렸다.

두 번째 놈은 갑판을 딛기 위해 발을 쭉 뻗는 순간 정강이가 뚝 부러지며 곤두박질쳤다. 장개산이 이번에도 물 먹인 노로 도끼질하듯 내려쳤기 때문이다. 놈은 난간에 얼굴을 부딪치고 강물로 떨어졌다.

세 번째 놈은 단창을 든 덩치였다. 동료 두 명이 당하는 사이 갑판에 무사히 착지하는 데 성공한 놈은 대갈일성과 함께 장개산의 옆구리를 찔러왔다.

"노옴!"

순간 장개산은 직각으로 방향을 꺾으며 물러났다. 동시에 노를 바깥으로 반원을 그리며 휘두른 후 그 탄력을 이용해 놈의 창간을 후려쳤다. 육중한 힘을 이기지 못한 창간이 아래로 처박히는 순간 장개산은 놈의 면상에 돌주먹을 꽂아 넣었다. 퍽퍽! 소리가 연달아 울리며 세 번째 사내가 쓰러졌다.

그 순간 변화가 일어났다.

좌방의 갑판 쪽으로 날아든 육중한 체구의 사내 하나가 비연검의 정수리를 향해 대도를 내려친 것이다. 이미 적 하나를 상대하고 있던 비연검은 급박하게 방향을 틀며 검을 위로 휘둘렀다.

깡! 소리와 함께 불꽃이 사방으로 튀었다. 막강한 경력을 이기지 못한 비연검은 무려 세 걸음이나 물러선 끝에 겨우 멈춰 설 수 있었다.

한순간 전투의 균형이 깨졌다.

다섯 척의 어선에 나눠 타고 있던 적들이 속속 갑판 위로 떨어져 내렸다. 그들 중에 대감도를 든 유길도도 있었다.

여선의 난간이 일차 방어선이라면 유광도가 묶여 있는 돛대가 이차 방어선이었다. 애초의 약속대로 장개산은 서둘러 물러나 돛대를 등지고 섰다. 비연검은 아직도 선수에 머물러 적들을 상대했다.

남은 적들의 숫자는 모두 아홉, 그중 유길도를 제외한 다섯이 한꺼번에 비연검에게 달라붙었다. 나머지 셋은 장개산을 덮쳐왔다. 비연검이 장개산보다 훨씬 강하다고 판단한 탓이었다.

다시 싸움이 시작되었다.

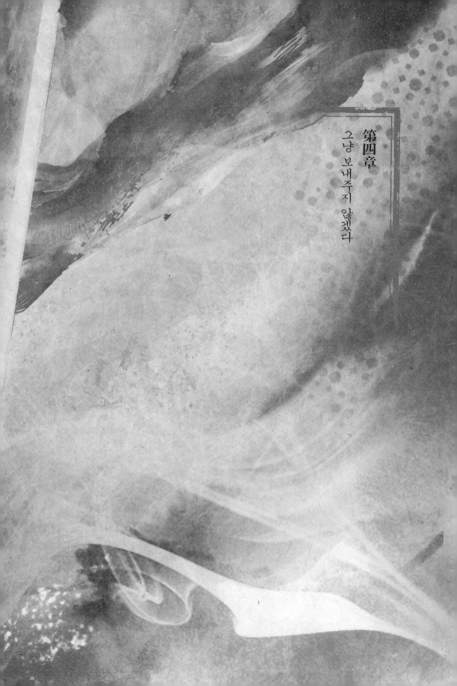

第四章
그냥 보내주지 않겠다

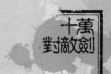

두 번째로 갑판에 오른 자들은 앞서 오른 자들과 차원이 달랐다. 그들은 더 빠르고 능숙했으며 거침이 없었다.

게다가 순차로 날아드는 적을 하나씩 상대하는 것과 이미 갑판에 떨어져 합격진을 이룬 적 다수를 상대하는 것에는 큰 차이가 있었다.

비연검은 자신을 둘러싼 다섯 명과 수십 초의 공방을 주고받았다. 깡깡 소리가 뱃전을 울리고 날카로운 기합이 허공을 갈랐다.

비록 승기를 잡지는 못했지만 다섯에게 둘러싸여 백중세

를 유지하는 것만으로도 그녀의 무공은 가볍다고 할 수 없었다.

장개산과 세 명의 공방은 조금 다르게 전개되었다. 무릇 병기의 빠름이란 완력에서 시작되는 법이다. 어린아이라도 가느다란 회초리를 손에 쥐면 능히 공기를 찢는 것과 같은 이치다.

지금 장개산의 손에 들린 노가 그랬다.

물을 잔뜩 먹어 백 근에 육박하는 노였지만 장개산의 손에 들리는 순간 그건 더 이상 단순히 무거운 노일 수가 없었다.

커다란 몽둥이로 돌변한 노는 방원 일 장을 순식간에 사지로 만들어 버렸다. 그 파괴적인 기세에 기가 질린 적들은 날붙이를 들고도 감히 전권을 파고들 엄두를 못 냈다.

단번에 노를 잘라낼 자신도 없었거니와 함부로 파고들었다가 재수없이 스치기라도 하는 날엔 뼈가 박살 날 거라는 걸 직감했기 때문이다.

그때 장개산의 눈에 위기에 처한 비연검이 들어왔다. 언제 어느 방향에서 치고 들어올지 모르는 유길도로 말미암아 적극적인 공세를 펼치지 못하고 있던 그녀에게 세 자루의 검이 동시에 쇄도한 것이다.

'유광도를 고집하다가 여자가 죽는다!'

"갈!"

장개산은 유광도를 포기하고 과감하게 신형을 뽑았다. 한 순간의 위협적인 기세로 적 세 명을 물러나게 한 장개산은 우방의 난간을 박차며 갑판을 가로질러 날았다. 동시에 비연검의 등을 찔러가는 놈의 어깨를 힘차게 내려찍었다.

픽! 소리와 함께 놈이 주저앉았다.

어깨가 박살 난 것이다.

후방의 부담을 던 비연검도 벼락처럼 검초를 뿌려 좌우방에서 달려드는 두 명을 떨쳐내는 데 성공했다.

순식간에 비연검의 전권 속으로 뛰어든 장개산은 그녀와 등을 붙인 상태에서 나머지 일곱의 적들과 대치했다.

문제는 그 후에 벌어졌다.

좀 전까지만 해도 뱃머리에 서서 단지 존재하는 것만으로도 싸움에 지대한 영향을 끼치던 유길도가 어느새 선미로 가 선객들을 노려보고 있는 것이었다. 싸움이 일시에 정지되고 배 안엔 정적이 찾아들었다.

유길도가 고개를 꺾어 장개산을 보며 말했다.

"내 동생의 목숨을 담보로 도박을 했었지? 나도 선객들의 목숨을 담보로 도박을 해볼까? 이번에도 같은 선택을 할지 궁금하군."

말과 함께 유길도가 질풍처럼 돌아서더니 선객들을 향해 마구잡이로 칼을 휘둘러 대기 시작했다. 공포에 질린 선객들이 비명을 질러대며 강물 속으로 뛰어들었다.

난간에 매어 둔 말도 놀라 펄쩍펄쩍 뛰었다. 갑판이 쿵쿵 울리며 선미는 한순간 아수라장이 되어 버렸다. 미처 강물로 뛰어들지 못한 아낙 하나가 갑판에 엎어져 울부짖었다.

"창아! 창아!"

그녀의 시선이 향한 곳엔 열 살가량의 여자아이 하나가 강심의 빠른 물살을 타고 떠내려가는 중이었다. 미처 선실로 대피하지 못한 아이들 중 하나가 놀라 강물로 뛰어든 모양, 거기에 칼침까지 맞았는지 아이가 떠내려가는 궤적을 따라 붉은 물이 번지기 시작했다.

다른 사람들도 살려달라고 아우성쳤다.

강물 위에는 때 아닌 아비규환이 벌어졌다.

"자, 이제 어떡할 텐가? 선객들을 구할 텐가? 아니면 계속 나와 싸워보겠나?"

유길도가 능글능글 웃으며 말했다.

선객들을 구하기 위해 물속으로 뛰어들면 갑판 위에는 비연검만 남게 된다. 유길도가 바라는 게 이것이다. 그는 장개산을 배에서 쫓아낸 후 비연검을 납치해 갈 작정이었다.

인간 사냥꾼인 그가 무공을 익힌 젊고 아름다운 여자를 납치해 할 일은 한 가지밖에 없었다. 바로 좌도방문을 익히는 자들에게 고기로 파는 것이다.

그때 눈이 마주친 비연검이 고개를 끄덕였다.

자신은 걱정하지 말라는 뜻이다.

그녀의 얼굴에서 다부진 각오가 느껴졌다.

장개산은 뒤도 돌아보지 않고 강물 속으로 몸을 던졌다.

물속에 뛰어든 장개산은 곧장 물살에 떠내려가는 여자아이를 향해 헤엄쳐 갔다. 십여 년간 뗏목을 끌고 거친 물살을 오르내린 덕택에 자맥질이라면 자신있었다.

한데 양손을 발작적으로 휘저으며 오르락내리락하던 여자아이가 어느 순간부터 보이지 않았다. 장개산은 물속으로 잠영을 한 다음 빠른 속도로 나아갔다.

사부가 준 돈 삼백 냥이 무게추를 역할을 해서 적잖은 도움이 되었다. 멀지 않은 곳에서 양팔을 활짝 벌린 채 가라앉는 여자아이가 보였다.

장개산은 젖 먹던 힘까지 쥐어짜 속력을 내었다. 그리고 마침내 여자아이의 손을 잡아채는 데 성공했다. 그때쯤엔 강바닥에 발이 닿았다. 장개산은 바닥을 힘껏 박차며 물 위로 솟구쳐 올랐다.

*   *   *

배 위로 올라왔을 때는 유길도 일당이 보이지 않았다. 유광도와 비연검도 보이지 않았다. 다른 곳에 신경 쓸 겨를이 없었다. 장개산은 일단 파리해진 여자아이를 바닥에 눕히고 한 손으로 가슴을 압박하는 한편 입으로는 숨을 불어넣으며 꺼져가는 불꽃을 붙잡으려 했다.

옆에선 여자아이의 어미가 오열했다.

선주와 선원들에 의해 목숨을 건진 사람들이 우르르 몰려왔다. 어떤 사람들은 이미 죽은 것 같다고 수군거렸다.

장개산은 포기하지 않고 열심히 활법(活法)을 시행했다. 하늘이 도왔는지 잠시 후 여자아이가 토악질을 하며 깨어났다. 혈색도 돌아오기 시작했다.

"살았다!"

"그가 아이를 살려냈어!"

갑판에 때 아닌 박수와 환호성이 터졌다.

선원 하나가 여자아이에게 달려들어 칼에 베인 가슴의 상처를 살피고 치료를 시작했다. 물에 빠지는 바람에 핏물이 터지듯 번지긴 했지만 다행히 검상은 깊지 않았다.

"다른 사람들은?"

장개산이 선주를 돌아보며 물었다.

"다행히 모두 무사하네. 칼에 베인 사람들이 몇몇 있기는 하지만 빨리 의원에게 데려가면 생명에 지장은 없을 걸세."

장개산은 천천히 몸을 일으킨 다음 주변을 둘러보았다. 물에 흠뻑 젖은 선객들이 여기저기 널브러져 있었다. 적지 않은 자들이 팔이며 가슴에 칼을 맞은 상태였다. 선원들은 그들 사이를 뛰어다니며 지혈을 하고 상처를 싸매느라 분주했다.

모두가 무림과는 무관한 양민들이다.

평생 누군가를 죽여본 적도 없고, 싸움이라고 해봐야 기껏 이웃 간에 오고 간 시비가 전부인 사람들. 저들은 저렇게 칼을 맞고 뒹굴어선 안 되는 사람들이었다.

장개산은 시선은 이제 비연검이 앉아 있던 곳을 향했다. 피 묻은 발자국이 뱃머리를 향해 어지럽게 찍혀 있었다. 필시 비연검의 것이리라.

"놈들이 납치해 갔네. 거세게 저항을 했지만 유길도까지 가세하는 바람에 혼자선 무리였네. 검상을 입었는데 괜찮을지 모르겠군."

선주가 말했다.

장개산의 시선이 이번엔 강으로 향했다.

놈들은 어선 세 척에 나눠 타고 강변을 향해 빠른 속도로 나아가고 있었다. 그중 하나에 비연검이 포박당한 채 타고 있는 것이 보였다.

장개산은 돛 아래에서 갈포에 싼 활과 화살을 꺼냈다. 활대에 시위를 걸고 두 자 반에 달하는 화살을 한 대 재기까지 걸린 시간은 불과 한 호흡, 장개산은 뱃머리로 달려가 한 발을 올려놓은 채 시위를 힘껏 당겼다.

팡! 소리와 함께 시위가 폭발했다.

대기를 찢으며 날아간 화살은 첫 번째 어선에서 노를 젓던 자의 허리를 꿰뚫었다. 정확히 말하면 요추(腰椎)다.

비스듬히 쓰러진 사내는 강물 속으로 풍덩 빠졌다. 요추는 인체의 기둥과도 같은 곳, 강변까지 헤엄쳐 간다면 목숨은 건지겠지만 무인으로서의 생명은 끝났다. 어선에 탄 자들이 대경실색하여 장개산 쪽을 돌아보았다.

그때 두 번째 화살이 작렬했다.

선미에 서서 장개산을 찢을 죽일 듯 노려보던 또 한 명의 적이 쓰러졌다. 이번 화살은 아랫배를 뚫고 들어가 박혔다.

장개산은 활에 관한 한 전문가였으므로 배를 관통한 화살촉이 이번에도 요추를 부숴 버렸다는 걸 알 수 있었다.

세 번째, 네 번째 적이 연달아 쓰러졌다.

실수는 없었다. 장개산이 배를 옮겨가며 화살을 날릴 때마다 어김없이 적이 쓰러졌고 그때마다 요추가 박살 났다.

좁은 어선에 달리 엄폐물이 있을 리 없다.

장개산의 궁술이 예사롭지 않음을 깨달은 적들은 허리에 화살을 맞고 벌레처럼 꿈틀거리는 동료를 들어 올려 방패막이로 썼다.

쓰러진 자가 모자라자 유광도는 앞서 여선에서의 전투로 부상당한 자들 중 가망이 없어 보이는 자를 단칼에 쳐 죽이더니 뒤집어썼다.

다섯 번째 화살이 작렬했다.

그 순간 세 번째 어선의 선미로부터 시커먼 그림자 하나가 솟구쳤다. 땅! 소리와 함께 번갯불이 튀었다.

유길도였다.

찰나의 순간 그가 대감도를 휘둘러 화살을 쳐 낸 것이다. 화살의 강맹한 힘을 이기지 못한 대감도가 한참이나 울음을 토해냈다.

그때쯤 세 척의 어선이 차례대로 강변에 뱃머리를 박았다. 배에서 내린 적들은 무슨 이유에선지 부상당한 동료들이 탄 배를 밀어 강물에 떠내려가게 만든 후 비연검만 끌고 풀숲으로 사라져 버렸다.

유길도는 잠깐 강변에 서서 침잠한 눈으로 장개산을 응시하는가 싶더니 이내 수하들의 뒤를 따랐다.

"배를 강변에 대십시오."

장개산이 선주를 돌아보며 말했다.

선주는 기겁을 했다.

놈들이 복수를 할 생각에 여선으로 달려오지 않은 것만 해도 감지덕지할 판에 배를 강변에 대라고? 그럴 수는 없었다.

사실 그러고 싶어도 그럴 수가 없었다.

"소용없네. 추격을 못 하게 하려고 놈들이 노는 물론이거니와 장대란 장대는 죄다 부러뜨려 강물에 버렸네."

없어진 건 노와 장대만이 아니었다. 놈들은 죽은 자들이 떨어뜨린 병기까지도 모두 회수해 갔다. 선주도 그 점을 강조했다.

"자네의 궁술이 예사롭지 않은 줄은 알겠네만, 백병전은 궁전과는 또 달라. 병기도 없이 놈들을 추격하는 건 자살행위일세. 그 정도면 자네도 최선을 다했어. 이제 그만하……."

거기까지 말을 하던 선주가 갑자기 놀란 눈을 치켜떴다. 장개산의 눈동자에 이는 파란 섬광을 본 것이다. 그 눈빛을 마주하는 순간 선주는 소름 끼치는 충격을 느꼈다.

장개산은 갑판의 정중앙으로 쿵쿵 걸어가서는 난데없이 돛대를 끌어안았다. 그리고 살짝 구부렸던 두 다리에 거센 힘을 주었다.

그러자 경악할 일이 벌어졌다.

오백 근은 족히 나갈 듯한 돛대가 우지끈 소리를 내며 뽑혀 버리는 것이 아닌가. 장개산은 삼 장에 달하는 거대한 돛대를 선미로 가져가 강바닥을 힘차게 찍었다. 힘없이 물살에 떠내려가던 여선이 갑자기 방향을 틀더니 강변을 향해 나아가기 시작했다.

맨손으로 돛대를 뽑는 괴물이라니.

눈으로 보고도 믿을 수 없는 괴력에 선객들은 입이 쩍 벌어졌다. 돛대의 무게와 이 커다란 배를 부리는 것이 얼마나 어려운 일인 지 누구보다 잘 아는 선주와 선원들은 공황상태에 빠져 버렸다.

그 사이 배는 물살을 가르며 강변을 향해 빠른 속도로 달려갔다. 이윽고 강변을 십여 장 정도 남겨두었을 때 장개산은 선미에 매어둔 말의 고삐를 풀고 올라탔다.

"지, 지금 뭐하려고……!"

선주가 사색이 되어 말했다.

장개산은 일언반구도 없이 말을 타고 갑판을 질주하기 시작했다. 선주를 스치는 순간 그의 상체가 왼쪽으로 잠시 움푹 꺼졌다가 다시 올라왔다. 손에는 어느새 선주의 허리춤에 매여 있던 척조구가 들려 있었다.

"선객들을 부탁합니다."

말발굽이 뱃전을 쿵쿵 울리길 여러 번, 장개산이 탄 말은 어느새 뱃머리를 박찼다. 무려 대여섯 장을 날아간 끝에 강변에 착지한 말은 주인이 사라진 숲을 향해 질풍처럼 달리기 시작했다.

*　　　*　　　*

유길도 일행이 말발굽 소리를 들은 것은 시냇물을 만나 잠시 목을 축일 때였다.

"웬 말발굽 소리지?"

사십 줄의 외눈박이 조칠헌이 말했다.

한 자루 장도를 귀신같이 쓰는 그는 유길도의 뒤를 이어 흑수당 서열 이 위의 고수였다.

"그놈이 아닐까요?"

붉은 얼굴의 사내 당철심이 말했다.

"여선에 타고 있던 그 덩치 말이야?"

유광도가 신경질적으로 물었다.

그는 흑수당 내 서열이 팔 위에 불과했지만 형을 당주로 둔 탓에 위세가 대단했다. 조칠헌은 유광도에게는 눈길 한 번 주지 않은 채 당주 유길도를 향해 말했다.

"여선에 말이 한 필 매여 있었습니다. 이런 외진 곳에 말을 타고 들어올 사람도 없고, 십중팔구 놈이 분명합니다."

"말도 안 돼. 간이 배 밖으로 나오지 않은 다음에야 우리를 쫓아올 리 없잖아."

유광도가 다시 말했다.

조칠헌도 이번엔 그냥 넘어갈 수가 없었다.

"간이 배 밖으로 나왔는지는 모르지만 쉽게 포기할 놈은 아닌 것 같았어. 뱃머리에서 쏘는 궁술도 예사롭지 않았고."

"그건 사냥꾼 출신이라서 그런 거고. 땅에서 병기를 부딪치며 싸우는 것과는 다르지. 게다가 병기라면 우리가 모두 강물에 던져 버렸잖아."

유광도는 벌목꾼을 사냥꾼으로 고쳐 말했다. 그래야 놈의 궁술을 설명할 수 있기 때문이다. 아주 틀린 말도 아닌 것이, 산중에서 살며 벌목을 하는 자들은 사냥에도 아주 능했다.

"노 한 자루로 두 명을 쓰러뜨리기도 했지."

조칠헌이 다시 반박했다.

그 말에는 유광도도 딱히 대꾸할 말이 생각나지 않았다. 물 먹인 노를 팔방풍우로 휘두를 때의 기세는 확실히 그냥 보아 넘길 것이 아니었다. 게다가 한 손으로 배를 멈추게 하는 용력이란⋯⋯.

"설사 놈이라고 해도 여기서 이러고 있을 시간 없어. 어영부영하다가 창랑사우(滄浪四友)를 만나기라도 하면 정말 골치 아파진다고. 사냥꾼 출신의 무림초출 하나 잡자고 목숨을 걸 참이야?"

창랑사우는 당금무림을 떨어 울리는 네 명의 후기지수를 일컫는 말이다. 말만 후기지수일 뿐 하나하나의 실력은 이미 어지간한 문파의 존장들 못지않았다. 지금은 후기지수로 불리나 십 년, 이십 년 후에는 일성의 패주로 군림할 고수들.

그들은 비연검을 도와 흑수당을 일망타진할 목적으로 무창에 숨어 있었다. 한데 낌새를 알아차렸는지 그들이 오늘 아침 무창을 떠나 강을 거슬러 오르기 시작했다는 소식을 들었다.

무창에서 이곳까지는 불과 반나절의 거리, 지금은 놈들이 어디에서 갑자기 튀어나와도 하등 이상할 것이 없는 상황이었다.

허리를 다쳐 혼자서는 움직일 수 없는 수하들을 버리고 가는 것도, 화살을 쏘아대는 덩치에게 복수할 생각도 못하고 이렇게 걸음을 재촉하는 것도 바로 그것 때문이다.

창랑사우와 맞닥뜨리면 죽음을 면치 못한다!

하지만 사람들은 유광도의 말을 무시한 채 유길도의 명령이 떨어지기만을 기다렸다.

"한 식경만 주시면 저희가 처리하지요."

조칠헌이 말했다.

다른 사람들 역시 단단한 표정을 지어 보였다. 모두 흑수당 서열 오 위권의 고수로 앞서 죽은 자들과는 차원이 다른 인간 백정들이었다. 울분이 가시지 않는지 부상을 당한 자들도 병장기를 움켜쥐기 시작했다.

유길도는 수하들 하나하나와 눈을 마주쳤다.

동생 유광도를 비롯해 멀쩡한 자가 넷, 부상을 당한 자가 셋이다. 부상자들 중 둘은 비연검으로부터 가슴과 어깨에 각 각 일검을 맞았고, 나머지 하나는 덩치가 휘두르는 노에 맞아 턱이 내려앉은 상태였다.

모두 가볍지 않은 부상이었지만 당장 싸우는 데는 무리가 없으리라.

발목이 끊어진 수하가 한 명 더 있었지만 어선을 타고 오는 도중 유광도가 죽여 버렸다. 더는 가망이 없기 때문이다. 이 때의 가망은 목숨이 아닌 무인으로서의 쓸모였다.

그 때문에 수하들의 분위기가 좋지 않았다.

유광도 하나를 구출하기 위해 열다섯 명이 동원되었는데 그중 절반이 죽고 일곱만 남았다. 한데 유광도는 목숨을 걸고 자신을 구하러 와준 수하를 가차없이 베어버렸다. 형인 당주 의 얼굴을 봐서 화를 억누르고는 있지만, 지금쯤 속에서 부글 부글 끓고 있으리라.

수하들의 울분을 풀어줄 필요가 있었다.

그때였다.

양손을 묶인 채 유광도에게 끌려가던 비연검이 갑자기 머 리를 뒤로 힘껏 젖혔다. 퍽! 소리와 함께 안면을 정통으로 맞 은 유광도가 한순간 정신을 잃고 휘청거렸다. 그 틈을 타 비 연검은 팔꿈치로 유광도의 명치를 재차 가격한 후 숲을 향해 질풍처럼 신형을 쏘았다.

애초 그녀는 발목에 검상을 입었다. 그 덕택에 잘 걷지도 못했는데, 이제 와서 보니 그게 다 선객들로부터 흑수당의 고수들을 떼 놓으려는 수작이었나 보다.

"저 찢어 죽일 년이!"

뒤늦게 쌍코피를 줄줄 흘리며 정신을 차린 유광도가 그의 애병 이랑도(二郞刀)를 꼬나 쥐고 숲으로 뛰어들려 했다.

"내버려 둬!"

유길도가 버럭 소리를 질렀다.

그의 음성에는 감히 항거하기 어려운 기도가 실려 있었다. 아무리 친동생이라고 해도 명령 불복종에 관해서만큼은 가차 없이 처리하는 유길도였다.

'내 언젠간 반드시 네년을 죽이고야 말리라.'

유광도는 비연검이 사라져 간 숲을 바라보며 어금니를 빠드득 갈았다. 세상 사람들은 유광도를 살인마로 알지만 흑수당의 동료들은 강간마라고 부른다.

아름다운 비연검을 겁탈한 후 산 채로 마인들에게 팔아 버림으로써 복수를 하려 했던 유광도는 분통이 터져 미쳐 버릴 것 같았다.

"광도는 나와 함께 가고, 나머지는 한 식경 후 산정(山頂)에서 보자. 목은 내게 가져오도록."

                    *   *   *

　흑마는 우거진 나뭇가지에도 불구하고 평지를 내달리듯 빨랐다. 문제는 놈의 성미였다. 놈은 주인이 못된 무리에게 잡혀간 걸 아는 게 분명했다. 더불어 장개산이 그 주인을 구하려 한다는 것도. 그렇지 않고서야 이렇게 흥분하여 달릴 리가 없었다.

　하지만 말의 흥분은 장개산의 흥분에 비할 바가 아니었다. 눈앞에서 양민들을 베고 강물에 처넣는 살인마들을 보았을 때 장개산은 평정심을 잃었다. 지금 이 순간 그를 지배하고 있는 감정은 단 하나, 분노였다.

　머지않아 장개산은 놈들이 남긴 흔적을 찾을 수 있었다. 여기저기에 칼에 맞아 떨어진 듯한 나뭇가지들이 보였기 때문이다. 그리고 얼마 지나지 않아 놈들이 나타났다.

　좁은 소로를 중심으로 각자의 위치를 고수하고 있는 자들의 숫자는 모두 여섯, 그들은 도검을 꼬나 쥔 채 무서운 속도로 달려오는 말과 장개산을 노려보고 있었다.

　"끼랴!"

　장개산은 박차를 가했다.

　양손에 나눠 쥐었던 고삐를 한 손으로 옮기고, 다른 한 손으로는 허리춤에 꽂아두었던 척조구를 뽑아 들었다.

첫 번째 놈을 삼 장 정도 남겨두었을 때 놈이 유엽도를 번쩍 들어 올렸다. 장개산보다 말의 목을 먼저 베어 쓰러뜨리려는 속셈이었다. 척조구가 장개산의 손을 떠난 것도 동시였다.

휘휘, 퍽!

허공을 두어 바퀴 맹렬한 속도로 돌던 척조구는 놈의 가슴골에 정통으로 박혔다. 가슴골에는 생명과 직결되는 장기가 지나가지 않지만 대신 숨통이 막힌다. 갑작스레 숨이 막힌 적이 노래진 얼굴로 주춤거렸다.

그사이 바람처럼 다가온 장개산은 척조구를 뽑아 쥐었다. 동시에 상체를 좌방으로 급격하게 꺾으며 두 번째 놈의 앞가슴을 찍어 당겼다. 부욱! 소리와 함께 놈의 가슴이 찢어지며 피가 분수처럼 솟구쳤다.

그 순간 우방에서 오 척 장검을 든 놈이 솟구쳐 올랐다. 장개산은 한 손으로 안장을 짚으며 달리는 마상에서 돌연 물구나무를 섰다. 아래로 출렁 흘러내린 머리카락 사이로 놈의 장검이 빠져나가는 순간, 장개산은 한 바퀴를 돌아 떨어져 내리며 놈의 등줄기에 척조구를 박아 넣었다.

투둑!

척조구가 척추를 파고드는 느낌이 전해졌다.

네 번째 놈은 장개산의 허벅지에 일검을 찔러 오다 옆구리에 척조구를 맞고 쓰러졌다. 다섯 번째 놈은 일도양단의 기세로 나무에서 떨어지다 발등에 척조구가 찍히고, 다시 거센 힘에 이끌려 머리부터 땅바닥으로 곤두박질쳤다. 머리통이 교차하는 말발굽 사이로 들어가더니 터터덩 소리와 함께 잠잠해졌다.

흑수당의 고수 다섯 명이 쓰러지는 데 걸린 시간은 촌각에 불과했다. 그 와중에도 장개산은 단 한 명의 숨통도 끊어 놓지 않았다. 뼈를 부수고 살을 찢어 항거불능의 상태로 만들어 놓았을 뿐. 하지만 당하는 사람에겐 죽음보다 더한 고통이리라.

이제 남은 것은 대도를 든 마지막 한 놈, 장개산은 놈을 기억하고 있었다. 선상에서 벌어졌던 백병전의 초기, 비연검에게 예사롭지 않은 일격을 가해 그녀를 세 걸음이나 물러나게 했던 장본인이었다.

놈이 시간을 벌어준 틈을 타 유길도와 그의 나머지 수하들이 모두 배에 오를 수 있었다. 본격적인 전투가 벌어졌을 때도 놈이 펼친 도법은 실로 쾌활했다. 아마도 유길도 못지않은 고수이리라.

한데 놈은 지금 하얗게 질려 있었다.

조칠헌은 온몸의 털이 곤두섰다.
놈은 눈 깜짝할 사이에 흑수당의 고수 다섯을 찢어발겨 버렸다. 그것도 뱃놈들이 짐짝을 찍어 올릴 때나 쓰는 척조구 따위로. 이건 자신이 생각하던 전개가 아니었다.

'실수······!'

사람을 알아보지 못한 조칠헌은 자신의 눈을 뽑아버리고 싶었다. 흑도에 몸담은 지 이십여 년, 그동안 수많은 무림인과 병기를 부딪혀 봤지만 이토록 잔인하고 과감한 자는 처음이었다.

칼밥을 먹기 시작하면서 결심한 것이 있다.

언젠가 자신보다 강한 상대를 만나게 되면, 그래서 어쩔 수 없이 목숨을 바쳐야 하는 순간이 오면 흑도의 인물답게 끝까지 의연하게 죽기로. 그때를 위해 비장의 한 수도 준비해 뒀다.

평생 수많은 강자들과 싸우면서도 세상에 알려지는 것을 막기 위해 단 한 번도 사용하지 않았던 비장의 한 수, 그건 소매 속에 감춰 둔 매화수전(梅花袖箭)이었다.

안전장치를 풀고 팔을 쭉 뻗으면 어깨와 연결된 강사가 당겨지면서 맹독을 바른 여섯 발의 수전이 꽃잎처럼 발사된다.

자신은 결국 놈의 척조구에 맞아 죽겠지만, 놈 역시 매화수전을 맞는 이상 반 시진 안에 쓰러지리라. 결국 동귀어진 하는 셈이다. 이만하면 멋진 죽음이지 않는가.

그 순간, 조칠헌은 무언가 이질적인 기운을 느끼고 좌방으로 고개를 꺾었다. 양손이 자유로워진 비연검이었다. 숲으로부터 질풍처럼 솟구친 그녀가 죽음의 그림자처럼 자신을 덮쳐오고 있었다.

대경실색한 조칠헌은 말을 타고 달려오는 덩치에게 쏘려고 했던 매화수전을 비연검에게 겨누었다.

파파파파파팟!

여섯 발의 매화수전이 은빛 비늘을 번뜩이며 날아갔다. 그 모습이 흡사 꽃잎이 활짝 열리는 것 같았다.

하지만 그가 평생을 아끼고 또 아꼈던 매화수전은 비연검이 질풍처럼 휘두르는 풍성한 소나무 가지에 모두 먹혀 버렸다.

뒤를 이어 날아든 비연검의 일각!

뻥!

조칠헌은 가슴에 격심한 통증을 느끼고 일 장이나 날아간 끝에 교목과 부딪혀 떨어졌다. 반격을 위해 어금니를 깨물며 일어서던 그에게 이번엔 어느새 날아온 비연검의 무릎, 주먹, 팔꿈치가 차례로 작렬했다.

퍽! 퍽! 퍽!

단 세 방, 조칠헌은 부러진 늑골이 심장을 찔러 오는 것을 느끼고 정신이 아득해졌다. 눈 깜짝할 사이에 조칠헌을 쓰러뜨린 비연검은 급박하게 장개산을 돌아보며 외쳤다.

"유길도가 산정으로 갔어요. 반드시 그를 잡아야 해요. 그래야 흑수당으로부터 시체를 사들이는 자들의 명단을 확보할 수 있어요. 어서!"

잠깐 주춤했던 장개산은 다시 말에게 박차를 가했다. 말은 한차례 앞발을 높이 치켜들더니 질풍처럼 숲을 내달렸다.

멀어지는 장개산의 뒷모습을 응시하던 비연검은 어깨에 극심한 통증을 느끼고 주저앉았다. 가느다란 은침 하나가 어깨와 연결되는 팔 어림에 박혀 있었다. 소나무 가지를 그렇게 맹렬히 휘두르고도 조칠헌이 쏜 매화수전을 모두 막아내지 못한 것이다.

비연검은 바닥에 떨어진 조칠헌의 장도를 주워 은침이 박혀 있던 부위에 재빨리 십(十)자로 검상만큼이나 큰 상처를 냈다.

독이 어디까지 퍼졌을지 모르기 때문이다.

이미 검게 변한 핏물이 홍건하게 뿜어져 나왔다. 피는 무려 한 바가지나 쥐어짠 후에야 비로소 제 혈색을 찾았다.

'됐어.'

독을 깨끗하게 제거하지는 못했지만 목숨에 지장은 없으리라. 겨우 한숨을 돌린 비연검은 장개산이 사라진 방향을 바라보았다.

'무사해야 할 텐데……'

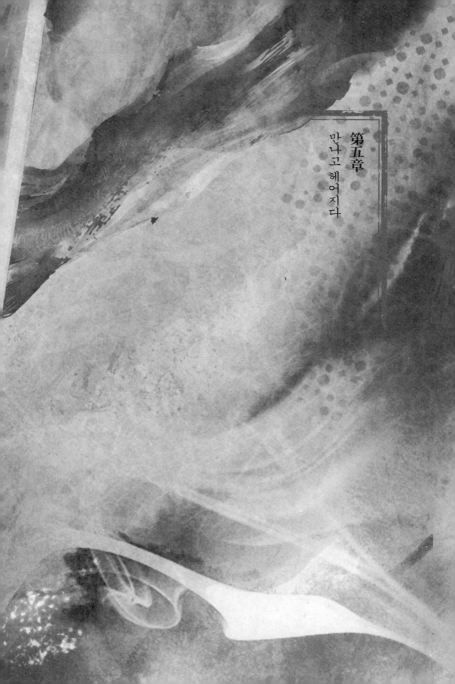

第五章
만나고 헤어지다

유길도는 우뚝 걸음을 멈추었다.

수하들과 헤어진 지 불과 일각, 산정을 절반 정도 남겨둔 산허리에서 그는 병장기 부딪히는 소리를 들었다.

그러다 어느 순간 그 소리가 뚝 끊어졌다.

결과를 예측하는 것은 어렵지 않았다. 병장기의 격돌음이 끊어진 대신 말발굽 소리가 다시 이어졌기 때문이다.

'벌써?'

유길도는 수하들이 당할 걸 이미 예상했다. 그럼에도 불구하고 수하들을 남겨둔 것은 자신과 동생이 놈으로부터 달아

날 시간을 벌기 위해서였다.

오랜 시간 생사를 넘나들다 보면 보통 사람들과는 다른 육감이나 통찰력 같은 것들이 생겨난다. 무림의 노강호들이 무서운 이유가 거기에 있다.

이른바 연륜이라 불리는 것이다.

유길도의 나이 이제 서른둘, 강호의 나이로 치자면 청년 고수라는 딱지를 겨우 뗄 정도로 젊은 축에 속했다. 하지만 그는 명문대파의 후기지수들은 상상도 못할 삶을 살았다.

아홉 살에 고아가 되어 어린 동생과 함께 세상을 떠돌 때 그는 풍상이란 풍상은 죄다 겪었다. 사람을 백 명도 더 죽인 괴물도 만나보고, 인육을 먹는 마인에게 끌려가 죽을 뻔한 적도 있었다.

어린 유길도에게 세상은 오직 강한 자만이 살아남는 약육강식의 세계였다. 생존이라는 당면한 과제 앞에서 협의니 인의니 하는 것들은 한낱 말장난에 불과했다.

그러다 문득 자신이 남들과는 다르다는 것을 깨달았다. 그건 위기의 순간이 닥쳤을 때마다 내면 깊은 곳으로부터 자신도 모르게 뿜어져 나오는 폭력성이었다.

잠재된 폭력성은 상대를 죽여 버리고야 말겠다는 강렬한 투지와 어떤 경우에도 흔들리지 않는 눈동자를 주었다.

그때부터 그의 삶은 달라졌다.

그는 생사를 넘나드는 수련 끝에 결국 강해졌고, 빼앗기기만 하던 약자에서 빼앗는 강자로 바뀌었다. 지나온 삶을 보상받기라도 하려는 듯 철저히 악인이 되었다. 그렇게 십여 년을 살아오면서 생겨난 그의 육감이 지금 말하고 있었다.

'놈은 나와 같은 종류다.'

처음 놈을 보았을 때 그것을 의심했고, 활을 쏘아 수하 다섯을 쓰러뜨리는 동안 한 번도 흔들리지 않던 놈의 눈동자를 보는 순간 확신했다.

"산정을 넘어가면 양곡(暘谷)이다. 제법 번화한 곳이니 말을 구할 수 있을 거야. 거기서 말을 타고 도망간 다음 포 대인을 만나라. 네 한 몸은 지켜줄 것이다."

유길도는 동생 유광도를 돌아보며 말했다.

"차라리 함께 기다렸다가 제거해 버립시다. 그깟 놈 하나 때문에 우리가 도망간다는 게 말이 됩니까?"

"아직도 모르겠느냐? 놈은 우리가 상대할 수 있는 자가 아니다."

"……!"

유광도는 이해할 수가 없었다.

싸워보지도 않고 어떻게. 게다가 자신의 형은 이렇게 쉽게 승부를 포기하는 사람이 아니었다. 대체 놈에게서 뭘 보았기에……

"내가 끌 수 있는 시간은 길어야 일각. 서둘러라. 양곡만 들어가면 놈을 따돌릴 수 있을 것이다."

"형님……!"

"바르게 키워주지 못해 미안하다."

말이 끝나기 무섭게 유길도는 말발굽 소리가 들려오는 쪽을 향해 신형을 쏘았다. 유광도는 제대로 된 작별 인사 한마디 못 건넨 채 멀어져 가는 형의 뒷모습을 바라보았다.

두 사람 모두 살 수는 없다.

한 사람만 살아야 한다면 그건 자신이 아니라 동생이다. 평생 살인을 일삼는 자신을 보며 자란 녀석, 보고 배운 게 그것밖에 없으니 다른 삶을 살 수가 있나. 그런 동생에게 해줄 수 있는 마지막 일이란 고작 도망갈 수 있도록 시간을 벌어주는 것이었다.

하지만 그것만큼은 자신있었다.

우선 말을 쓰러뜨려 놈의 발을 묶어야 한다.

그런 다음 놈이 당황한 틈을 타 역습을 하고 공방을 나눈다. 백중세를 이룰 수 있다면 가장 좋지만 그건 아마 어려울 것이다. 결국 치고 빠지는 작전으로 최대한 시간을 끌어볼 수밖에.

'일각, 일각 정도만 끌면 된다.'

말발굽 소리는 점점 커졌다.

유길도는 달려가는 속도를 더욱 높였다. 흔들리는 숲이 보이고 말의 거친 숨소리가 온몸으로 느껴지는 순간 유길도는 허리춤에서 비도 세 자루를 뽑아 들었다.

시커먼 말이 모습을 드러냈다. 유길도는 바닥을 박차고 솟구쳤다. 동시에 힘차게 팔을 뻗었다. 비도로 기습을 한 다음, 놈이 상체를 숙이는 틈을 타 대감도로 강력한 일격을 가하는 것이 그의 첫 번째 목표였다.

하지만 마지막 순간 유길도는 손끝이 흔들리며 평정심을 잃었다. 비도는 말머리를 아슬아슬하게 스친 후 건너편 나무 둥치에 투둥퉁 박혔다. 바닥에 착지해 길 한쪽으로 황급히 물러나는 그의 앞으로 시커먼 말이 질풍처럼 지나갔다. 말 위에는 아무도 타고 있지 않았다.

'이게 어떻게 된……!'

순간 유길도의 머릿속에 번개처럼 스쳐 가는 생각이 있었다. 얼굴이 하얗게 질린 유길도는 산정을 향해 폭발하듯 달리기 시작했다. 심장이 쿵쾅거리고 정신이 아득해졌다.

평지를 벗어나 산허리를 타고 오르길 잠시, 마침내 놈을 만날 수 있었다. 피묻은 척조구 한 자루를 들고 나무 등걸에 앉아 있는 사내, 여선에서 봤던 그놈이었다.

놈의 발아래에는 동생 유광도가 등에서 피를 철철 흘리며 엎어져 있었다. 아마도 저 척조구로 등을 찢어발긴 모양, 하지만 아직 숨은 붙어 있는지 자신을 돌아보며 눈물을 펑펑 흘렸다.

"어떻게… 나를 앞지를 수 있었지?"

유길도는 눈을 동그랗게 뜨고 물었다.

산중에서 사냥과 벌목을 하며 산 세월이 십수 년이다. 산에서만큼은 그 누구도 자신을 따돌리거나 앞지를 수 없었다. 하지만 장개산은 일일이 대답해 줄 생각이 없었다. 대신 자신이 궁금한 것을 말했다.

"비연검이 명단에 대해 물었다."

"후후, 피차 시간 낭비는 말도록 하지."

그 한마디로 장개산은 심문을 끝냈다.

목을 비틀어 짜는 한이 있더라도 놈은 절대 입을 열지 않을 것이다. 놈의 눈동자를 보는 순간 그걸 알았다. 왜 그런 확신이 들었는지 모르겠지만, 자신의 직감이 틀리지 않을 거라는 것도 확신했다.

장개산은 이제 진짜 궁금했던 것을 물었다.

"아이들을 죽인 적도 있나?"

"목격자였다면."

"당신의 행각은 이미 꽤 유명한 것 같던데, 목격자가 한두 명 더 있다고 해서 뭐가 달라지지?"

"후후, 무림초출이라더니 과연."

"……?"

"비연검이 나를 추격할 때 단지 발자국만 보고 따라왔을 것 같나? 목격자가 있으면 나의 소재와 동선이 적어도 반나절은 빨리 노출되지. 그게 여자와 아이를 가리지 않고 목격자들은 모두 죽인 이유다."

"단지 그것 때문에……."

"그거면 충분하다."

장개산의 눈썹이 한순간 꿈틀거렸다.

놈과 대화를 나눌 생각이 싹 가셔 버렸다. 더불어 한 번도 경험해 보지 못한 강력한 살의를 느꼈다. 장개산은 천천히 몸을 일으켰다. 한 점의 미동도 없이 전방을 노려보는 그의 눈동자에 불길이 가득 담겼다. 장개산의 입이 무겁게 열렸다.

"동생을 구하러 온 게 아니었나? 와라."

유길도가 신형을 쏘았다.

생애 마지막 싸움임을 직감한 듯 유길도의 공격은 사납고 맹렬했다. 대기를 찢는 파공성과 함께 대감도가 장개산의 어깨를 비스듬히 갈라왔다. 그건 장개산으로서는 한 번도 보지 못한 빠름이었다.

그런데 이상했다.

장개산의 눈엔 유길도의 동작이, 그의 대감도가 흐르는 방향이 너무나 선명하게 보였다. 처음 보는 빠름이어서 생경하게 느껴졌을 뿐, 감당 못할 빠름이 아니었던 것이다. 더욱 이상한 것은 이런 전개가 전혀 어색하지 않다는 점이었다.

장개산은 철판교의 수법을 펼쳐 상체를 급박하게 뒤로 꺾었다. 동시에 허리를 튕기듯 비틀어 올리며 유길도의 등허리에 척조구를 박아 넣었다.

퍽! 소리와 함께 뼈의 둔탁한 촉감이 느껴졌다. 보통 사람이었다면 등이 새우처럼 구부러졌을 충격, 하지만 유길도는 그 와중에도 대감도의 방향을 틀어 장개산의 하복부를 찔러왔다. 실로 번개와 같은 임기응변이었다.

장개산은 한 발을 가볍게 왼쪽으로 옮겨 딛는 한편 유길도의 등에 박아두었던 척조구를 바깥으로 힘껏 뿌렸다. 유길도의 생살이 무참하게 찢겨 나갔다.

고통을 이기지 못한 유길도의 상체가 그제야 활처럼 휘어졌다. 장개산은 질풍처럼 돌아서며 놈의 오른쪽 무릎에도 척조구를 박아 넣었다. 동시에 위로 잡아당겨 힘줄을 끊어 버렸다.

무릎의 힘줄이 끊어진 데야 제아무리 독종이라고 해도 어쩔 수 없었다. 유길도가 한쪽 무릎을 털썩 꿇었다. 장개산은 유길도의 오른쪽 어깨와 왼쪽 팔뚝을 찍어 상체마저 무용지물로 만들어 버렸다.

유광도는 바닥에 엎어져 그 모습을 모두 지켜보았다. 찰나의 순간 그가 보고 들은 것이라곤 허공을 질풍처럼 날아다니는 척조구 한 자루와 퍽퍽 튀는 핏물, 그리고 무릎을 꿇는 유길도였다.

아직 그 누구에게도 져 본 적이 없는 형, 사람들에게 언제나 공포의 대상이던 형이 쓰러졌다. 더 독하고, 더 잔인한 놈에게.

유길도는 대감도를 바닥에 거꾸로 꽂은 채 무너지려는 몸을 가까스로 버티었다. 옷자락을 따라 먹물처럼 번진 피가 바닥으로 뚝뚝 떨어졌다. 입에서는 가쁜 숨소리가 연신 흘러나왔다.

장개산은 침잠한 표정으로 유길도를 내려다보았다. 그리고 천천히 다가가 척조구를 바깥으로 들어 올렸다. 노리는 것은 관자놀이, 한 방이면 숨통이 끊어지리라. 짐승에게 어울리는 죽음이었다. 그때 유길도가 말했다.

"정말 빠르더군."

"……."

"아마도 명문대파의 제자겠지?"

제종산문이 명문대파면 파리도 새다.

놈은 장개산이 자신보다 강한 이유가 명문대파의 제자이기 때문이라고 생각하는 모양이었다. 강하면 모두가 명문대

파의 제자인가. 장개산은 어이가 없었다. 유길도의 말이 이어
졌다.

"내 어미는 자식이 아홉 살이었을 때 이웃집 사내와 야반
도주를 했지. 나는 숱한 멸시와 핍박을 견디다 못해 어린 동
생을 이끌고 무림방파들을 찾아다녔다. 백 군데도 넘을 거야.
하지만 근본도 모르는 고아 따위를 받아주는 문파는 어디에
도 없었지. 그때 알았다. 세상은 처음부터 불공평했다는 것
을."

"……."

"네가 나보다 정의로워서 내가 죽는 게 아니다. 다만 너에
겐 찾아왔던 그 기회가 나에겐 오지 않았을 뿐."

"너에게 좋은 사부가 있었다면 지금과는 다른 삶을 살았을
것 같나?"

장개산이 물었다.

유길도는 싱긋 웃더니 외려 이렇게 반문했다.

"너는 어땠지?"

사부는 매를 든 적이 없었다.

대신 제 몸집보다 큰 통나무를 들고 온종일 마당에 서 있게
했다. 개미굴에 뜨거운 촛농을 떨어뜨리는 장난을 쳤을 때도,
어미새가 품던 새알을 몰래 까먹었을 때도, 새끼를 거느린 토
끼를 잡아 구워 먹었을 때도 사부는 귀신같이 알고 벌을 주었

다. 너 또한 누군가에게는 개미이고 토끼일 수 있다면서. 그리고 밤이 되면 곯아떨어진 제자의 퉁퉁 부은 장딴지에 날이 새도록 꿀을 바르고 문질렀다.

장개산이 무서웠던 건 벌이 아니었다.

제자가 벌을 받는 사이 부어터진 근육에 좋다는 석청(石淸)을 구하기 위해 온 산과 절벽을 기어오르다 만날지도 모르는 사부의 낙상이었다. 사부가 없는 세상은 꿈도 꾸기 싫었다.

"칼을 빌려주겠어?"

장개산이 유길도에게 물었다.

유길도는 그때까지 움켜쥐고 있던 대감도를 조용히 놓았다. 장개산은 거침없이 대감도를 뽑아 쥐고는 말했다.

"세상 구석으로 내몰렸다고 해서 모든 사람이 너처럼 살지는 않는다. 설혹 그렇다고 해도 너에게 죽은 사람들의 원통함이 사라지는 것 또한 아니다."

팟!

섬광이 번뜩이고 유길도의 상체가 넘어갔다.

바닥엔 그의 목으로부터 흘러나온 핏물이 흥건하게 번져 갔다. 장개산은 대감도를 바닥에 던져 버린 후 공포에 질려 바들바들 떨고 있는 유광도에게 말했다.

"가라."

"……!"

　　　　　*　　　　　*　　　　　*

비연검이 산허리에 나타난 것은 한 식경쯤 흐른 후였다. 그
녀는 장개산이 쓰러뜨린 흑수당의 잔당들을 나무에 묶어둔
다음 서둘러 달려오는 길이었다.

가장 먼저 보이는 것은 유혈이 낭자한 모습으로 엎어져 있
는 유길도였다. 미동조차 없는 것으로 보아 죽은 게 확실했
다. 동생 유광도는 어디로 도망갔는지 보이지 않았다.

비연검은 적잖게 놀랐다.

여선에서의 전투 때도 그렇고, 말을 달리며 흑수당의 무인
들을 거꾸러뜨릴 때도 그렇고, 그에게 한 수가 있는 줄은 알
았지만 유길도를 상대로도 이처럼 빨리 승부를 낼 줄이야.

'어쩌면 나보다 강할지도⋯⋯.'

장개산은 유길도의 시체로부터 멀지 않은 나무 등걸에 앉
아 있었다. 옷 여기저기 핏물이 튀긴 했지만 다친 곳은 없어
보였다. 다만 넋 나간 사람처럼 먼 산을 응시하고 있을 뿐.

비연검은 아무것도 묻지 않았다.

그녀는 선주가 던져준 활과 화살 몇 개를 장개산이 앉은 나
무 등걸에 비스듬히 세워 둔 후 맞은편 바위에 앉았다.

이어 왼쪽 어깨의 상처를 살폈다. 옷자락을 찢어 대충 묶어

두었던 것을 풀자 피가 엉겨 붙은 검상이 모습을 드러냈다. 조칠헌에게 맞은 매화수전의 독기를 빼내느라 생긴 상처였다.

제대로 치료를 하자면 상처를 꿰매어야 하지만 안타깝게도 수중에 있는 거라곤 금창약뿐이었다. 비연검은 더러워진 헝겊을 버리고 금창약을 골고루 바른 다음 다른 쪽 소맷자락을 찢어 다시 동여매기 시작했다.

중이 제 머리 못 깎는다더니 제 팔에 난 상처를 치료하는 게 딱 그랬다. 한 손으로 헝겊을 감으려니 제대로 감기지도 않고 매듭을 짓기도 어려웠다.

그때 장개산이 자리에서 일어나 비연검에게 다가갔다. 장개산은 한쪽 무릎을 꿇은 채 헝겊을 빼앗아 비연검의 상처를 처음부터 다시 싸매기 시작했다. 그 모습을 물끄러미 바라보던 비연검이 말했다.

"선주가 활을 전해주러 숲으로 찾아왔더군요. 자신은 선객들을 빨리 의원에게 데려가 보겠다고. 배는 돛대가 생명인데 그걸 뽑아버렸으니 앞으로 살아갈 길이 막막하다고 땅이 꺼지라 한숨을 쉬더라고요."

활은 핑계고 보상을 받으러 왔음이 분명했다. 비연검은 돈이 많으니 당연히 충분한 대가를 치러주었을 것이고.

"당신께 전해 달란 말도 있었어요. 기백도 좋고 의리도 좋지만 오래 살려면 일단은 비겁해져야 한다고. 무림에서 가장 먼저 배워야 할 것이 있다면 그것이라고."

장개산은 자신을 회유하고 설득하던 선주의 말투가 생각나 그만 피식 웃고 말았다. 장개산이 말했다.

"명단을 얻지 못했소."

"어쩔 수 없죠. 사실 생포를 했어도 유길도는 쉽게 입을 열 인간이 아니에요. 흑수당을 일망타진했으니 그것만으로도 헛수고를 한 건 아니에요. 모두 덕분이에요."

비연검은 장개산이 공방을 주고받는 과정에서 어쩔 수 없이 유길도를 죽였다고 생각하는 것 같았다.

"그러고 보니 아직 통성명도 못했네요. 전 빙소소예요. 강호인들은 비연검이라고 부르죠."

"장개산이오."

"고마워요, 장 소협."

빙소소의 고맙다는 말 속에는 여러 가지 의미가 담겨 있었다. 그중 하나는 자신을 놈들에게 팔지 않고 끝까지 신의를 지켜준 것에 대한 고마움이었다. 더불어 살인마들로부터 양민을 지키려는 자신의 일에 대해 의미를 부여해 준 것도. 물론 장개산은 알지 못했다.

"무림에 발을 들여놓은 이상 언젠가 한 번은 거쳐야 할 일이에요. 지나고 보면 그리 유난을 떨 일도 아니더라고요. 어쩌면 이런 내가 더 비정상적인 것인지도 모르지만."

"......?"

"사람을 죽인 것 말이에요."

빙소소는 장개산이 이렇게 가라앉은 이유가 사람을 죽였기 때문이라고 생각하는 모양이다. 첫 살인의 충격으로 말미암아 일시적인 공황상태에 빠졌다고. 아마도 그녀의 경험에 비춘 것이리라.

그녀의 예상은 절반만 맞았다.

첫 살인의 느낌이 토악질이 날 정도로 불쾌한 건 사실이었다. 하지만 장개산이 당황한 것은 첫 살인의 충격이 아니라 자신의 내면에 도사리고 있던 또 다른 모습 때문이었다.

유길도가 양민들을 무작위로 베어대며 강물에 빠뜨릴 때 장개산은 놈과 놈의 수하들을 모조리 죽여 버리고 싶은 강렬한 욕구를 느꼈다.

처음엔 단순한 분노인 줄 알았다.

한데 유길도를 죽인 후 그게 단순한 분노가 아니었음을 깨달았다. 장개산은 유길도를 생포할 수 있었음에도 불구하고 일부러 죽였다.

공방을 주고받는 과정에서 내가 살기 위해 상대를 죽이는 것과 이미 항거불능이 된 상대를 죽이는 것은 다르다.

그건 자유의지가 개입된 명백한 살인이었다.

강호에 발을 들여 놓자마자 살인이라니. 문득 청옥산을 떠나기 직전 사부가 해주었던 말이 떠올랐다.

"만약에, 만약에 말이다. 네 안에 있는 무언가와 만나게 되더라도 놀라거나 당황하지 말거라. 그것 또한 너의 일부이니라."

사부는 알고 있었던 게 틀림없다.

제자의 내면에 도사리고 있는 잔혹함과 폭력성을.

장개산은 빙소소의 어깨에 감던 헝겊을 단단히 동여매는 것으로 치료를 끝냈다. 고개를 돌려보니 어느새 날이 저물고 있었다.

강남이었지만 숲 속의 밤 기온은 무시할 수 있는 게 아니다. 장개산은 활과 화살을 들고 일어섰다.

"어디 가시려고요?"

빙소소가 물었다.

"피를 너무 많이 흘렸소. 몸을 데우지 않으면 오늘 밤을 무사히 넘기지 못할 수도 있소."

말과 함께 장개산은 숲으로 사라졌다.

한 식경쯤 흐른 후 장개산은 마른 땔감 한 아름과 살이 통통하게 오른 토끼 한 마리를 가지고 다시 나타났다.

장개산은 능숙한 솜씨로 모닥불을 피웠다. 다음엔 저만치 널브러져 있던 척조구를 가져와 토끼의 배를 가르고 내장을 제거했다. 마지막으로 껍질을 제거한 토끼 고기를 모닥불 위에 척 올려놓는 것으로 식사 준비가 끝났다.

빙소소는 두 눈을 부릅떴다.

불과 한 식경 전 그 자신이 사람을 찢어발기던 척조구로 토끼의 배를 가르고 내장을 끄집어내다니.

이건 기백이나 비위를 논하기 이전의 본능에 관한 문제다. 한데 정작 당사자는 그것을 전혀 의식하지 못하는 것 같았다. 첫 살인의 충격으로 말미암아 혼란스러워하던 좀 전과는 전혀 다른 모습이었다.

'종잡을 수가 없어……'

두 사람의 대화가 중단되었다.

빙소소는 노릇노릇하게 익어가는 토끼 고기를 응시했고, 장개산은 이따금 모닥불에 장작을 던져 넣는 것 외에는 아무런 말도 하지 않았다. 어색한 시간이 흐르길 한참, 빙소소가 먼저 입을 열었다.

"사문을 여쭈어도 될까요?"

"광동 제종산문의 십칠대 제자외다."

'제종산문? 광동에 그런 문파도 있었나?'

약관을 겨우 넘긴 듯한 나이에 이만한 제자를 배출했다면 강호에 제법 알려졌을 터, 하지만 아무리 기억을 더듬어 봐도 빙소소는 제종산문이라는 문파에 대해 생각나는 것이 없었다.

그렇다고 내색을 하는 것은 예의가 아니었다.

빙소소는 화제를 돌렸다.

"어디로 가시는 길이었나요?"

"나도 모르겠소."

이게 장개산의 솔직한 심정이었다.

천일유수행을 떠나라는 사부의 강권에 못 이겨 무작정 세상으로 나왔지만, 어디로 가야 할지 무엇을 해야 할지 막막했다.

북검맹에 들어가라는 사부의 말씀이 있기는 했지만 그건 물리적인 장소일 뿐 천일유수행의 진짜 목적도, 장개산이 원하는 해답도 아니었다.

빙소소는 단지 구체적인 목적지를 물었을 뿐인데 장개산은 보다 넓은 의미에서 추상적인 대답을 했다. 사정을 모르는 빙소소는 그저 어리둥절할밖에.

어쨌거나 상대의 사문을 물었으니 자신의 사문도 얘기해 주는 것이 예의였다. 그래야 조금 더 친해질 수도 있고. 이럴 땐 자신이 여자임을 감안해 먼저 물어봐 주면 좋으련만, 상대가 도통 무림의 예법을 모르는 듯하니 내가 알아서 얘기해 줄밖에.

"저는 절강성……."

빙소소가 자신의 사문을 소개하려는 그 순간, 갑자기 산 아래 숲으로부터 두 발의 폭죽이 솟구쳤다. 폭죽은 무려 백여 장이나 솟구친 다음 펑펑 소리를 내며 산개했다. 빙소소는 활짝 핀 얼굴로 일어섰다.

"활을 좀 빌릴게요."

빙소소는 갑자기 장개산의 활을 집어 들고는 화살에 불을 붙여 밤하늘을 향해 힘껏 쏘았다. 후르륵 소리와 함께 불화살이 긴 꼬리를 만들며 날아갔다. 잠시 후, 답신이라도 하듯 또 한 발의 폭죽이 날아올랐다.

"됐어!"

빙소소가 말했다.

목소리에 생기가 돌았다.

빙소소가 저렇게 반가워하는 것으로 보아 무창에서 기다렸다가 함께 흑수당을 일망타진하기로 했다는 그 동료들이 나타난 모양이었다.

"잠시 후면 깜짝 놀랄 만한 사람들이 도착할 거예요. 장 소협께서도 알아두시면 후일 큰 도움이 될……."

빙소소의 말이 중간에서 끊어졌다.

장개산이 엉덩이를 툭툭 털고 일어났기 때문이다.

"유광도를 감시하겠다는 약속 끝까지 지키지 못해 미안하오."

빙소소는 장개산이 떠나려 한다는 걸 직감했다. 그녀는 뭔가 말을 하려다 그만두었다. 무심한 듯 뜨거운 그의 눈동자를 마주하는 순간 어떤 말로도 고집을 꺾을 수 없다는 걸 깨달았기 때문이다.

"어디로 가실 건가요?"

빙소소는 또 같은 질문을 했다.

이번에야말로 그가 목적지를 말해주길 기대하면서. 장개산은 대답 대신 밤하늘로 시선을 던졌다. 빙소소도 덩달아 밤하늘을 올려다보았다.

셀 수도 없는 많은 별들이 소금을 뿌려 놓은 듯 밤하늘을 빛내고 있었다. 저 많은 별 중 어떤 별들은 아무도 모르는 사이에 사라지고, 어떤 별들은 먼 바다를 여행하는 사람들의 길잡이가 되어 오래도록 입에 오르내릴 것이다.

빙소소가 다시 고개를 돌렸을 때 장개산은 이미 거기 없었다. 보이는 거라곤 저만치 가볍게 흔들리는 나뭇가지뿐. 빙소소는 손에 들린 활과 화살을 내려다보았다. 그가 활을 잊고 가버린 것이다.

'인연이 있으면 또 만나겠지.'

第六章

북검맹(北劍盟)

천목산(天目山)은 항주(杭州)의 서쪽 외곽에 위치한 절산으로, 서호(西湖)를 비롯해 절강성(浙江省)의 크고 작은 산 대부분이 바로 천목산 줄기로부터 시작된다.

천목산에서도 가장 높은 두 개의 봉우리를 각각 서천목(西天目)과 동천목(東天目)이라 부르는데 북검맹의 장원이 깃든 곳은 서천목 아래의 커다란 분지였다.

천목산이 아무리 웅장하다 한들 대륙 전체로 보자면 동쪽 끄트머리에 붙어 있다. 자칭 중원무림을 대표하는 초거대 무맹(武盟)을 만들면서 왜 하필 이런 외곽에 장원을 건설했을까?

여기엔 그럴 만한 사정이 있다.

거대 문파들은 예외 없이 대도시를 배후에 두고 생겨난다. 천 년 고도 장안(長安)을 바라보며 생겨난 종남파와 화산파가 그렇고, 낙양(洛陽) 인근에 터를 잡은 소림사가 그렇고, 양양(襄陽)과 나란히 자리한 무당파가 그렇다. 심지어 거지들의 방파인 개방 총타는 개봉부 한복판에 위치해 있다.

이들 외에도 거대 문파들의 배후엔 반드시 대도시가 있다. 달리 말하면 대도시 인근의 산은 거대 문파들이 뿌리를 내리기에 최적의 장소라고 할 수 있다.

대도시를 인근에 둠으로써 문파의 재정적 기반을 마련함과 동시에 고요한 산중에서 무공을 연마할 수 있기 때문이다.

그러나 대륙에서 돈과 물자가 가장 풍족하기로 유명한 강동삼성(江東三省), 그중에서도 노른자위라 불리는 항주 외곽의 천목산에서만큼은 거대 문파가 뿌리를 내린 적이 없었다.

정확하게 말하면 적지 않은 무림방파들이 둥지를 틀었으나 채 일 대(代)를 넘기지 못하고 흐지부지 사라져 버렸다.

이는 항주를 비롯해 전단강(錢塘江), 태호(太湖), 대운하(大運河), 동해(東海) 등을 기반으로 활동하는 방파들의 텃세가 워낙 거칠고 억세기 때문이었다.

그 대표적인 곳으로 상인들의 단체인 금도방(金刀幫), 수운의 권리를 독점하는 교룡방(蛟龍幫), 전국적인 소금 밀매망을 가진 해사방(海沙幇), 나룻배의 권리를 독점한 강하방(江河幇), 포역(捕役:포졸 등속의 하급관리)의 조합인 육선문(六扇門) 등이 있다.

이들은 모두 생업과 관련된 방회로 이익이 충돌할 땐 전쟁을 불사할 정도로 서로 으르렁거린다. 그러나 공동의 적이 등장했을 때는 무서울 정도로 똘똘 뭉치는 습성이 있었다.

한데 그런 방회들도 어쩌지 못하고 밥그릇을 함께 비빌 수밖에 없는 자들이 있었으니 바로 흑도방파들이었다.

그나마 생업방회들은 뒤로는 악행을 서슴지 않을지언정 앞으로는 강호인들의 시선을 의식하는 데 반해 흑도방파들은 그 어느 것에도 얽매이지 않았다.

그들에겐 칼이 곧 법이고 정의였다.

항주를 중심으로 한 인근의 소주(蘇州), 소흥(紹興) 등의 대도시에는 무려 이십여 곳에 달하는 크고 작은 흑도방파들이 저마다의 권역을 차지한 채 경쟁 중이었다.

그리고 마지막으로 해왕문(海王門)이 있었다.

동쪽의 광활한 바다를 무대로 활동하는 신출귀몰한 해적선단 해왕문은 항주에 뿌리를 내린 그 어떤 방파보다도 무서운 존재였다.

그들은 실체가 없으면서도 항주 경제에 가장 강력한 영향력을 미쳤다. 그들이 항주로 들어오거나 나가는 대형 상선 한 척을 약탈해 버리면 항주 전역이 들썩거렸을 정도니까.

이처럼 항주는 목숨을 걸고 제 밥그릇을 지키려는 생업방회들과 그 틈바구니에 끼어 어떻게든 피를 빨아 보려는 흑도방파들이 언제 어디서 나타날지 모르는 해적들을 경계하며 하나로 뒤섞여 살아가는, 여러 모로 혼란스러운 도시였다.

북검맹은 그런 항주를 지척에 둔 천목산에 뿌리를 내림으로써 실체를 규정하기조차 애매한, 하지만 실제로는 강동삼성에 막강한 영향력을 행사하고 있는 그 모든 힘들을 한꺼번에 억누르고자 했다. 그게 천하무림의 모든 불순한 세력을 향한 첫 번째 경고이자 발걸음이 되길 바라면서.

북검맹의 의도가 성공했는지 여부는 알 수 없다. 하지만 항주를 중심으로 한 강동삼성이 용암을 삼킨 강물처럼 들끓는 것만큼은 사실이었다.

빙소소와 헤어진 장개산은 천신만고 끝에 천목산에 다다랐다. 적지 않은 날짜가 흘렀지만 수중의 돈은 여전히 그대로였다. 여선에서 미혼약이 든 만두 세 개를 사 먹은 이후 한 푼도 쓰지 않은 탓이다.

그렇다고 끼니를 걸렀느냐 하면 그것도 아니었다. 길 가다 만난 농부의 수레를 밀어주고 새참을 얻어먹었으며, 강촌에서 혼자 낑낑거리는 늙은 어부의 그물을 당겨주고 물고기를 얻어먹기도 했다. 사람을 만나지 못할 땐 계곡의 돌덩이를 들춰 가재를 잡아먹거나 돌멩이를 던져 새를 잡아먹었다.

그렇게 여기 기웃 저기 기웃하며 오다 보니 사부가 준 돈은 그대로 굳었지만 대신 행색이 말이 아니었다. 옷은 해져 넝마가 되기 직전이었고, 수염은 덥수룩하게 자라 턱과 입을 뒤덮었다.

그래도 좋았다.

양민들의 삶을 보다 가까이에서 볼 수 있어 좋았고, 이곳저곳의 풍물을 구경할 수 있는 것도 좋았다. 가장 좋았던 것은 무림인들과 엮여 쓸데없는 시비에 휘말리지 않았다는 점이다.

'이런 게 진짜 유수행인데…….'

하지만 이제 그런 즐거움도 끝이 났다.

장개산은 서천목의 분지를 동서로 양단하며 달리는 높다란 담장과 그 담장 너머로 보이는 무수한 전각군을 바라보며 장탄식을 쏟아냈다.

'휴우, 좋은 시절 다 갔군.'

이제부터는 저곳에서 살아야 한다.

내키지는 않지만 사부의 간절한 소망이니 제자 된 도리로 성실히 따를 작정이었다.

장개산은 북검맹(北劍盟)이라는 현판이 걸린 거대한 문을 향해 걸어갔다. 북검맹이라는 세 글자가 장개산에겐 고생문(苦生門)으로 읽혔다.

길가에 즐비한 주루와 좌판, 사람들을 지나쳐 정문 앞에 이르자 수문무사로 보이는 자들이 앞을 막아섰다.

"신분을 밝히시오."

허리에 용두장도를 패용한 자가 말했다. 마흔 줄이나 되었을까? 떡 벌어진 어깨에 부리부리한 인상이 제법 위압적이었다.

"입맹을 하러 왔습니다."

"입맹?"

"여기 추천서……."

"저쪽으로 가보시오."

수문무사가 장개산의 말을 자르며 한쪽을 가리켰다. 동산처럼 커다란 팽나무 아래 탁자 대여섯 개를 줄지어 놓은 채 앉아 있는 사람들이 보였다. 앞에는 물경 백여 명을 헤아리는 사람들이 바글바글 모여 저마다의 차례를 기다리는 중이었다.

"저게 뭡니까?"

"저곳에 가서 차례를 기다린 다음 절차를 밟으시오. 신분을 확인하고 나면 심사관들이 맹패와 함께 갈 곳을 일러줄 것인즉."

"그렇군요. 고맙습니다."

이제부터 한식구가 될 사람들인데 비례를 보일 수야 있나. 장개산은 나이 많은 수문무사에게 깍듯이 포권지례를 하고는 팽나무 아래로 가서 줄을 섰다.

절차란 생각보다 간단했다.

입맹을 원하는 사람들이 줄을 서서 기다렸다가 북검맹으로부터 받은 무림첩과 호패를 제출하면 끝이었다. 하면 심사관들이 무림첩과 호패를 면밀히 점검한 후 이상이 없다고 판단될 경우 붉은 동패를 하나 준다.

그런 사람이 열 명 정도 모이면 맹도로 보이는 무사 하나가 그들을 인솔해 북검맹으로 들어가는 식이었다.

아마도 가는 동안 기거할 곳을 안내하고 앞으로 해야 할 일과 조직의 편제 등에 대해서도 설명을 해주리라.

기다리면서 보니 지원자들의 대부분은 젊은 무인들이었다. 마흔 줄 이상의 늙수그레한 무사들이 간간이 눈에 띄기는 했지만 서른 이하의 젊은 사람들이 대부분을 차지했다. 지난날 여정 중에 만났던 비연검 빙소소 또래의 젊은 여자들도 적지 않았다.

재밌는 것은 그들 대부분이 북검맹으로부터 무림첩을 받은 문파의 제자들이었다는 점이다. 지방 유력 무인의 추천서를 들고 온 사람은 스물에 한두 명 정도에 불과했다.

북검맹으로부터 무림첩, 다시 말해 사실상의 초청장을 받은 사람들과 추천서를 들고 온 사람들을 대하는 심사관의 태도는 확연하게 달랐다.

일례로 초청장을 가지고 온 사람들에겐 덕담을 아끼지 않았다. 어쩌다 유명 문파의 제자가 나타나면 벌떡 일어나 포권지례까지 주고받으며 통성명을 했다.

그럴 때면 으레 구경꾼들 사이에서 '어느 문파의 누구로군, 저 사람으로 말할작시면……' 라는 식의 설명이 흘러나왔다.

그러면 구경꾼들이 고개를 끄덕이며 경외의 시선으로 지원자를 바라보았다. 쟁쟁한 무명(武名)의 주인공을 이처럼 가까이에서 보는 것이 구경꾼들에겐 신기한 경험인 듯했다.

반면 추천서를 들고 온 사람들에겐 심사관들이 귀찮아 하는 기색을 노골적으로 풍겼다. 혹시나 놓칠지 모르는 후기지수를 발굴하기 위해 문로를 열어놓기는 했지만 역시나 달려드는 건 출세할 욕심에 주제도 모르고 상경한 시골 무사들뿐이라는 기색이었다.

이윽고 장개산의 차례가 되었다.

주변에 있던 심사관들이 하던 일을 멈추고 장개산에게로 시선을 주었다. 왁자지껄 떠들던 구경꾼들도 한순간 고요해졌다. 낡고 해진 옷과 어우러진 장대한 체구가 묘하게도 강렬한 인상을 풍겼기 때문이다.

"어느 문파의 누구시오?"

서른 줄의 비교적 젊은 심사관이 물었다.

"제종산문의 십칠대 제자 장개산입니다."

"제종산문? 그런 문파도 있었나?"

"삼백여 년 전 애뇌산에서 개파를 했고, 지금은 광동의 청옥산에 장원이 있습니다."

말을 해놓고 장개산은 저도 모르게 입술에 침을 발랐다. 두 칸짜리 목옥을 거창하게 장원이라고 한 것이 조금은 민망하고 어색했던 까닭이다.

아주 틀린 말은 아니다.

거주의 의미로 보자면 일개 목옥에 불과하지만 제종산문을 말할 때는 장원이라고 하는 것이 맞지 않는가. 그곳 역시 엄연히 무림의 일맥이 전해 내려오는 곳이니 말이다. 다시 말해 낯은 좀 뜨겁지만 양심에 찔리지는 않는 것이 장개산의 솔직한 심정이었다.

구경꾼들 사이에선 제종산문이 어떤 문파인지를 두고 때 아닌 웅성거림이 퍼졌다. 하지만 역시나 제종산문에 대해 아는 사람은 없었다. 제종산문은커녕 광동의 청옥산에 대해 아는 이도 없었다. 구경꾼들의 웅성거림이 잦아들기를 기다려 심사관이 물었다.

"그래, 무림첩은 가져오셨소?"

"제종산문은 무림첩을 받지 못했습니다. 대신 추천서를 가져 왔습니다."

말과 함께 장개산이 유지로 만든 봉서를 밀었다.

자신이 가져온 추천서는 다른 사람들이 내민 추천서들과는 격이 다르다. 광동의 유력 문파 천검문주가 직접 날인한 추천서가 아닌가.

추천서라는 말에 젊은 심사관은 실망한 표정이 역력했다. 장개산이 내민 봉서의 밀봉을 뜯고 내용물을 살펴본 이후에는 아예 똥 씹은 얼굴이 됐다.

"지금 나랑 장난하자는 건가?"

심사관이 장개산을 향해 봉서째 휙 던져 버렸다. 미처 면전에도 이르지 못하고 툭 떨어지는 그것을 보는 순간 장개산은 정신이 아득해졌다.

봉서 안에는 들어 있으라는 추천서가 안 들어 있고 웬 떡이 들어 있었다. 정확하게 말하면 지질이 이리저리 뭉쳐 이미 종이로써의 기능을 상실해 버린 납작한 종이 쪼가리였다.

"다음!"

심사관이 버럭 소리를 질렀다.

구경꾼들 사이에서 왁자지껄한 웃음보가 터졌다. 뒷줄에 있던 사내가 장개산을 휙 밀치고 나아갔다. 장개산은 바닥에 떨어진 종이떡을 황급히 집어 들고는 요리조리 살폈다.

'도대체 이게 어떻게 된 거지?

그 순간 번개처럼 스쳐 가는 생각이 있었다. 전날 여선에서 물에 빠진 여자아이를 구하려고 뛰어들었는데 그때 종이가 풀려 이 지경이 된 모양이었다.

어쨌든 지금은 이러고 있을 때가 아니었다. 장개산은 지금의 상황을 설명해야 할 필요성을 느꼈다.

"잠깐만요. 이게 어떻게 된 일이냐면 말입니다."

장개산은 사람들을 제치고 앞으로 나아가 설명을 하려 했다. 하지만 이미 줄에서 밀려난 데다 앞자리를 차지해 버린 사람들이 여기저기서 원성을 쏟아내며 밀착하는 바람에 쉽지가 않았다.

그때 질서유지를 위해 대기하고 있던 북검맹의 무사들이 험악한 얼굴을 하고 장개산을 노려보았다.

여차하면 강제로 끌어낼 판이다.

그들은 무림첩을 들고 온 사람이 아니라면 애초에 관심이 없었다. 장개산은 억지로 밀어붙인다고 될 일이 아니라는 생각이 들었다. 잠깐 긴장을 푸는 사이 장개산은 사람들에게 밀려 어느새 한참이나 떨어진 곳에 서 있게 되었다.

'이런……!'

사부가 거금을 들여서 만든 추천서가 한순간에 무용지물

이 되어버리다니.

구경꾼들은 그때까지도 낄낄댔고, 심사관들은 정말 별의 별 인간들이 다 꼬인다는 듯 고개를 절레절레 흔들며 자신들의 일을 계속해 나갔다.

부끄럽지는 않았다.

다만 슬쩍 부아가 치민다.

자신은 북검맹에 한 팔을 거들겠다고 찾아온 사람이다. 환영은 못해줄망정 귀찮아하는 기색이 역력한 심사관들도 그렇고, 무인을 실력으로 뽑지 않고 종이 쪼가리로 뽑는 이 이상한 방식도 마음에 들지 않았다.

그 와중에 추천서까지 이 지경이 되고 보니 북검맹으로 들어가고 싶은 생각이 싹 가셨다.

'이참에 내 갈 길 가?'

하지만 장개산은 자신이 절대로 그럴 수 없음을 안다. 세상 모든 사람의 말을 무시할 수 있지만 단 한 명, 사부의 부탁만큼은 저버릴 수가 없다. 그렇다고 북검맹으로 들어갈 길도 없고, 이러지도 못하고 저러지도 못하고 정말 난감하기 짝이 없었다.

그때였다.

"광동이라, 멀리서도 오셨구랴."

장개산은 소리가 난 쪽을 돌아보았다.

서른 줄이나 되었을까? 작달막한 체구에 넙대대한 얼굴을 가진 사내가 히죽히죽 웃고 있었다.

"……?"

"반갑소. 난 계도상이라고 하오."

"장개산입니다."

"아까 들었소. 산을 덮는다라. 좋은 이름이군. 덩치에도 잘 어울리고 말이지. 그나저나 광동에서 여기까지는 물경 삼천 리에 달하는 거린데 추천서가 못 쓰게 되었으니 이를 어쩐다. 그렇다고 이대로 돌아갈 수도 없고, 참 딱하게 되었구랴."

"무슨 일이십니까?"

느닷없이 접근해 온 것도 그렇고, 말투도 그렇고 장개산은 경계하는 기색을 감추지 않았다. 지난 수일간 세상에 나와 깨달은 것이 있다면 친절하게 접근하는 자는 일단 경계해야 한다는 것이었다.

사내는 잠시 주변을 두리번거리더니 얼굴을 바싹 들이대며 속삭였다.

"북검맹으로 들어가는 방법이 있소."

"그게 정말입니까?"

"세상사가 다 그렇듯 담벼락이 있으면 개구멍도 있는 법이라오. 물론 이건 좀 들일 생각을 해야 하지만."

사내가 말과 함께 검지와 엄지를 동전 모양으로 오므려 자신의 아랫배 어림에서 살랑살랑 흔들어 보였다.

돈이 좀 들어야 한다는 소리다.

장개산은 오히려 사내의 이런 행동 때문에 경계심이 조금 누그러졌다. 대놓고 돈 얘기부터 하는 걸 보면 최소한 되지도 않는 속임수로 뒤통수를 치지는 않을 거라고 판단한 것이다.

일단 한번 들어나 보자.

"어떻게 하는 겁니까?"

"여기선 좀 그렇고, 어디 조용한 곳으로 가서 본격적으로 얘기를 해봅시다."

＊　　　＊　　　＊

산자락을 내려와 만나는 항주 외곽엔 처음부터 적지 않은 건물들이 늘어서 있었다. 계도상이라는 사내는 그 건물들 사이로 난 길을 한참이나 걸었다.

"현재까지 북검맹에 입맹을 한 무인들의 수가 대략 삼천여 명이오. 그중 구 할이 한창 혈기왕성한 사내들이지."

말과 함께 계도상이 자신의 아랫도리를 살짝 움켜 들었다 놓아 보였다. 혈기왕성하다는 말의 속뜻을 정확히 전달해 주려는 듯. 그러곤 아무렇지도 않게 다시 설명을 이어갔다.

"무릇 사내들이 있는 곳에 술과 계집이 꼬이는 법. 주위에 즐비한 전각들 대부분은 술도 마시고 여자도 품을 수 있는 주루나 기루들이라오. 혹시 생각 있거들랑 언제든 말씀만 하시오. 내가 이쪽 방면으로는 죄다 꿰고 있으니까."

대낮부터 여자 타령이라니.

괜스레 민망해진 장개산은 화제를 돌렸다.

"여긴 항주에서도 한참 외곽 같은데 제법 번화하군요."

"좋은 질문이오. 호해교동(虎　膠洞)의 주루와 기루들은, 아, 사람들은 이곳 북검맹 인근에 형성된 저자를 호해교동이라 부르오. 호랑이의 아래턱에 붙은 마을이라는 뜻이지. 어쨌거나 호해교동의 주루와 기루들은 대부분 항주 포구 쪽에 거점을 두고 있다가 돈 냄새를 맡고는 재빨리 발을 뻗친 것이라오."

그 외에도 계도상은 호해교동의 이곳저곳에 대해 구구절절이 설명을 해주었다. 마치 앞으로 북검맹에서 살려면 이곳에 대해서도 잘 알아야 한다는 듯. 그는 장개산을 이미 북검맹의 무사로 대접하고 있었다. 어쨌거나 그의 말을 한마디로 요약하면 이랬다.

'호해교동에서 나를 통하면 못 구할 것이 없다.'

한참을 걷던 그가 인적이 드문 으슥한 골목에서 걸음을 멈추었다. 그러곤 장개산에게 복면을 한 장 내밀었다.

"이게 뭡니까?"

"지금부턴 눈을 가려야 하오. 왜 그런지는 굳이 설명하지 않아도 되겠지요?"

물론이다.

장개산은 '나 역시 그렇게 순진한 사람은 아니외다'라고 속으로 대답하며 복면을 받아 썼다. 혹시 자신을 잡아다 이상한 데다 팔아버리는 거 아닌가 하는 생각을 아주 잠깐 하기는 했지만, 그건 뭐 그때 가서 한판 붙으면 된다. 속는 게 자존심 상하지 사람이 무섭진 않았다.

복면을 쓴 채 계도상의 손에 이끌려 이리저리 꺾이기를 한참, 어느새 문을 열고 건물 안으로 들어가는 기척이 느껴졌다. 거기서 다시 두어 번 꺾은 후 계단을 타고 오르길 잠시, 이윽고 그윽한 먹 냄새와 함께 온기가 느껴졌다.

장개산은 냄새와 기척, 볼에 느껴지는 미세한 숨결 등으로 주변 상황을 유추해 보았다. 작고 오래된 방 안이고, 노인이 한 명 있으며, 서책이 많고, 방금까지 먹을 갈았다.

"됐소. 이제 벗으시오."

계도상의 말에 장개산은 복면을 벗었다.

주변의 풍광은 예상했던 것과 거의 일치했다. 미처 유추하지 못한 것이 있다면 작은 방 안 벽면을 빼곡하게 채운 서책의 양이었다. 이 좁은 방 안에 어떻게 이렇게나 많은 책을 쌓아 두었는지 신기할 정도였다.

노인은 그 서책들을 배경으로 앉아 있었다.

팔순이나 되었을까?

살아온 세월의 고단함을 말해주듯 검버섯이 핀 얼굴은 주름이 가득했고, 허리는 굽다 못해 동그랗게 말렸으며, 소매 밖으로 드러난 손목은 앙상하기 짝이 없었다. 그 와중에도 장개산을 응시하는 눈동자에서는 한 가닥 맑은 정광이 흘러나오고 있었다.

"자, 그럼 시작해 볼까?"

계도상이 말문을 열었다.

그는 소개도 생략한 채 곧장 설명을 이어갔다.

"간단하게 설명을 할작시면 추천서를 새로 만드는 거외다. 아, 혹시나 들키지 않을까 하는 염려는 하지 않아도 되오. 지금까지 쉰 명도 넘게 북검맹의 무사로 만들었지만 여태 들킨 적은 한 번도 없었으니까."

추천서를 새로 만든다고?

그제야 장개산은 저 노인의 역할을 눈치챘다. 노인은 추천서를 위조하는 장인이었던 것이다.

"이건 사기가 아닙니까?"

"그렇소."

"……!"

"……?"

"그게 끝입니까?"

"딱 봐도 사기인데 무슨 변명을 하겠소. 혹시 우리가 인맥을 통해 북검맹에 꽂아줄 거라고 생각한 것이오? 미리 말해 두지만 그런 길은 없소."

"그런 건 아니지만……."

"혹시 북검맹을 염탐하러 온 사파의 인물이오?"

"아닙니다."

"하면, 배경 좋은 문파의 여자를 어떻게 한번 꼬드겨 출세를 해보려고 온 화류공자요?"

"지금 무슨 말을 하시는 겁니까?"

"그런데 뭐가 문제요?"

"……?"

"말인즉슨, 목적이 공명정대하면 조금 돌아갈 수도 있다는 거요. 아닌 말로 귀하가 추천서를 위조한다고 해서 누가 피해를 입는 것도 아니잖소? 굳이 책임이 있다면 이런 말도 안 되는 방식으로 맹도를 모집하는 북검맹이 이상한 거지. 안 그렇소?"

'이상하게 설득력 있네.'

장개산은 계도상의 괴이한 논리에 굴복하고 말았다. 사실 이것저것 가릴 처지가 아니었다.

"만약에 들통 나면 어떻게 됩니까?"

"원금 그대로 돌려주겠소."

"확실합니까?"

"물론."

장개산의 표정이 변하는 걸 확인한 계도상이 다시 말했다.

"자, 그럼 계산부터 합시다. 못해도 천 냥은 받아야 하는데 형장은 멀리서 오고 했으니 구백 냥만 받겠소."

장개산은 입이 떡 벌어졌다.

종이 쪼가리에 가짜 추천서 하나 써주고 무슨 구백 냥씩이나 받는단 말인가. 구백 냥이면 쌀이 열 섬도 넘는다. 무림초출임을 알아보고 탈탈 털어먹으려는 수작임에 틀림없었다.

"그렇게까지 주고는 못하겠습니다."

"껄껄껄, 비싸다는 거 아오. 하지만 우리도 목숨을 내놓고 하는 일인데 위험수당은 챙겨야 하지 않겠소? 좋소이다. 내 팔백 냥까지 해주겠소."

"다시 말하지만 그렇게는 못하겠습니다."

"음…… 북검맹의 평무사가 한 달에 받는 녹봉이 얼만지 아시오? 은전 열 냥이니 동전으로 치면 딱 천 냥이오. 한 달 녹봉도 안 되는 돈으로 북검맹의 무사가 될 수 있다면 그 또한 남는 장사가 아니겠소? 게다가 북검맹의 무사는 여자들에게 인기가 아주 많다오."

"전 돈을 벌려고 북검맹으로 들어가려는 것이 아닙니다. 여자에게도 관심이 없고요."

"칠백 냥까지 해주겠소. 더는 곤란하오."

"이백 냥에 합시다."

순간 계도상의 얼굴에서 웃음기가 사라졌다.

친절하고 서글서글하던 지금까지와 달리 표정이 딱딱하게 굳었다. 눈동자에선 살짝 기광까지 돌았다.

"수중에 얼마나 가지고 있소?"

"이백 냥이 전부입니다."

"똥 밟았네."

계도상의 거침없는 언사에 장개산은 울컥했다.

누가 도와달라고 한 것도 아니고, 자기가 나서서 이리로 끌고 와 놓고 이제 와서 똥 밟았다니.

'이것들을 확 찔러 버려?'

북검맹에 찌르면 이자들은 몸이 성하질 못할 것이다. 하지만 목마른 사람이 우물을 파는 법, 답답한 장개산은 화를 억누르며 물었다.

"정말 이백 냥에는 안 되겠습니까?"

"후려쳐도 분수가 있지. 이건 뭐 촌놈들이 더 무섭구만."

"이백오십 냥까진 맞춰 보겠습니다."

"이백 냥이나 이백오십 냥이나."

"진정 안 되겠습니까?"

"됐어. 없던 일로 하자고."

"그렇게 하지."

갑자기 끼어든 사람은 노인이었다.

계도상이 떨떠름한 표정으로 노인을 바라보았다.

노인은 서랍에서 아무것도 쓰여 있지 않은, 하지만 왠지 손때가 묻고 꾸깃꾸깃한 종이를 꺼내 탁자 위에 펼쳐 놓았다. 그리곤 먹을 갈면서 물었다.

"이름이 무엇인가?"

"제종산문의 십칠대 제자 장개산입니다."

"말투를 보아하니 광동성 출신 같네만."

"그렇습니다."

"광동성에서 힘깨나 쓰는 문파라면 철산문(鐵山門), 고검문(孤劍門), 나부문(羅府門) 정도가 있지. 누구의 추천으로 하겠나?"

"천검문으로 해주십시오."

"다시 한 번 생각해 보지 그러나."

"왜 그러시는지요?"

"대저 위조 추천서란 너무 유명한 사람의 것도 안 좋고, 그렇다고 듣도 보도 못한 자의 것도 안 좋지. 유명한 무인의 경우는 아무리 정교하게 위조를 해도 필적을 알아보는 자가 나타날 가능성이 있는 반면 너무 유명하지 않은 자의 경우는 추천서로써의 효용이 없기 때문일세. 그래서 누구나 한 번쯤 들어본 적은 있으되 그 필적을 아는 이는 드문 사람의 것이 적당하지. 천검문주는 너무 유명한 축에 속하네."

장개산은 저도 모르게 고개를 끄덕였다.

듣고 보니 과연 그렇지 않은가.

"그래서 어떤 곳으로 하겠나?"

"천검문으로 해주십시오."

굳이 추천서를 새로 만들어야 한다면 천검문주의 것이 맞다. 비록 가짜이기는 하지만 천검문주의 추천서를 받은 것만큼은 엄연한 사실이 아닌가.

어쩔 수 없이 가짜를 만들기는 하지만 사기를 치고 싶지는 않았다. 나 한 사람의 문제가 아니라 제종산문의 명예가 걸린 일이기에.

노인은 침잠한 눈으로 장개산을 응시했다.

"어렵겠습니까?"

"안 될 것도 없지."

"완벽해야 합니다."

좀 전까지만 해도 사기는 싫다고 해놓고선 이제 와서 완벽하게 위조해 달라니. 곁에 있던 계도상은 어이가 없는지 실소를 흘렸다.

노인은 먹 가는 걸 멈추고 또다시 서랍을 뒤져 낡고 오래된 종이 한 장을 꺼냈다. 이번엔 빈 종이가 아니었다. 종이에 쓰인 글씨를 보는 순간 장개산은 두 눈이 휘둥그레졌다.

놀랍게도 그것은 천검문주의 날인이 선명하게 찍힌 무림첩이었다. 대충 훑어보니 모월 모시에 아들 설강도의 성년식을 치르니 강호의 명숙들께서 참석해 자리를 빛내 달라는 내용이었다.

아마도 수년 전에 나돈 무림첩을 입수해서 가지고 있다가 위조 추천서를 만들 때 필적을 흉내 내는 모양이었다.

장개산의 예상대로 노인은 천검문주의 무림첩을 탁자 한쪽에 놓더니 필사하듯 추천서를 써 내려갔다.

노인의 솜씨는 그야말로 놀라운 것이어서 장개산으로서는 도저히 진본과 위본을 구분할 수가 없었다.

이윽고 추천서의 내용을 모두 채우자 이번엔 진본 무림첩의 날인 부위를 향불에 쬐었다. 이어 죽은 쓰르라미 한 마리를 꺼내 하얗고 불투명한 속 날개를 찢어 향불에 쬔 날인 위에 놓고 꾹 눌렀다. 그걸 다시 위조한 추천서에 대고 누르니 놀랍게도 똑같은 날인이 찍혀 나왔다.

장개산은 입이 쩍 벌어졌다.

위조를 했을망정 저 날인만큼은 진짜다.

이렇게 되면 설혹 누군가 필적의 이상함을 느낀다고 해도 날인이 진짜인 이상 의심을 할 수가 없을 것이다.

쉰 명도 넘게 위조를 해주었지만 단 한 번도 들킨 적 없다는 계도상의 말을 이제야 이해할 수 있었다.

저걸 대체 누가 알아볼 것인가.

장개산은 오늘 세상 귀퉁이에서 어느 한 분야의 천재를 보았다.

"자, 다 되었네."

第七章

딱 걸리다

　장개산은 심사관들이 있는 팽나무를 다시 찾았다. 오후 들
어 갑자기 지원자들이 많아졌다 싶더니 수일 전 무인들을 잔
뜩 태우고 요동을 출발한 배가 점심 무렵에 항주 포구에 도착
했단다. 덕분에 무려 반 시진을 기다려서야 겨우 자신의 차례
가 왔다.

　"아까 그 친구로군."

　이번엔 나이 지긋한 장년의 심사관이었다.

　앞서 왔을 때 장개산이 워낙 강한 인상을 남겼는지라 심사
관들 모두가 장개산의 얼굴을 기억했다.

"점심은 드셨습니까?"

"……!"

장개산은 스스로 말을 해놓고도 조금 민망했다. 개망신을 당하고 쫓겨난 지가 언제인데 이제는 인사까지 건네다니. 아마도 심사를 앞두고 잘 보여야 한다는 생각에 저도 모르게 나온 저자세이리라. 괜찮다. 이런 것도 세상을 배워가는 과정이라면 과정일 테니. 내친김에 장개산은 거짓말도 살짝 보탰다.

"아까는 착오가 좀 있었습니다. 깜빡 잊고 추천서를 여곽에 두고 왔지 뭡니까. 그래서 여곽으로 돌아가서 다시 찾아오는 길입니다."

장개산은 이렇게 능청스럽게 거짓말을 하는 자신이 놀라웠다. 생각보다 떨리지도 않았다. 사람은 역시 환경에 적응하는 동물인가 보다.

장년의 심사관은 무심한 표정으로 장개산을 응시하더니 밀봉을 뜯고 내용물을 읽기 시작했다. 이제부터가 중요하다. 장개산은 저도 모르게 마른침을 꿀꺽 삼켰다. 이윽고 추천서를 모두 읽은 심사관이 고개를 들고 말했다.

"천검문주는 추천서를 써주지 않기로 유명한데 용케도 얻었구먼. 천검문주가 자네를 아주 잘 본 모양이지?"

'됐다.'

장개산은 속으로 쾌재를 불렀다.

혹시나 가짜라는 게 들통이 나면 어쩌나 걱정했는데 천만다행으로 통과를 하나 보다. 이제야말로 북검맹의 무사가 될 수 있다. 하지만 한편으로는 왠지 모르게 씁쓸한 맛이 있었다.

그때 심사관이 말했다.

"아니면 위조를 했거나."

"……!"

심사관이 저만치 시립해 있던 무인들에게 눈짓을 했다. 용 같고 범 같은 무인 다섯 명이 득달같이 병장기를 뽑아 들고는 장개산을 에워쌌다.

갑작스러운 사태에 차례를 기다리던 지원자들과 구경꾼들이 고함을 지르며 물러났다. 좀 전까지만 해도 심사가 벌어지던 팽나무 아래에는 장개산과 다섯 무인을 가운데 두고 커다란 공간이 생겨났다.

"왜 이러십니까?"

장개산이 심사관을 향해 물었다.

"왜 이러는 지는 자네가 더 잘 알 텐데?"

"그게 무슨……!"

"네 이놈, 내가 바로 광동 천검문에서 왔다. 삼 년 동안이나 천검문에서 밥을 먹었거늘 어찌 문주의 필적을 모를 것인가. 놀랍도록 정교하게 위조를 했다만 이 추천서는 가짜다!"

"······!"

장개산은 정신이 아득해지는 것 같았다.

심사관이 하필이면 천검문 출신일 줄이야.

재수가 없어도 어떻게 이렇게까지 없을 수가 있나. 역시 요령이나 거짓말로는 세상을 살 수 없는 법인가 보다. 사태를 해결하는 건 지금이라도 자초지종을 모두 털어놓고 양해를 구하는 수밖에 없다.

"잠시 제 말을 들어보십시오. 추천서가 가짜인 것은 맞지만 추천은······."

추천은 진짜입니다. 여정 중에 여자아이 하나를 구하기 위해 물에 뛰어든 적이 있는데, 그때 가지고 있던 진짜 추천서가 엉망이 되는 바람에 어쩔 수 없이 위조를 한 것입니다···가 다음에 이어질 말이었다.

하지만 장개산의 말은 심사관의 천둥 같은 대갈일성에 먹혀 버렸다.

"배후를 캐야 하니 생포하라!"

분명 생포하라고 했는데 무사들은 병장기부터 내뻗었다. 검신 하나가 새파란 예기를 뿌리며 옆구리를 찔러왔다. 장개산은 오른쪽으로 한 발을 살짝 옮겨 딛는 것으로 일단 장검을 피했다.

"잠깐만 제 말을 좀 들어보십······!"

이번엔 오른쪽과 등 뒤에서 두 자루의 장검이 동시에 날아들었다. 전방에선 세 번째 검도 날아들었다.

슬쩍 부아가 치민 장개산은 허리를 벼락처럼 비틀며 오른쪽에서 찔러오는 자의 완맥을 틀어쥐었다. 동시에 그의 검으로 후방에서 파고는 드는 자의 검을 때려 떨어뜨린 후, 양팔을 바깥으로 활짝 열었다.

결정적인 순간 손바닥을 뒤집어 타격의 충격을 완화하는 이 수법의 이름은 반타장(反打掌), 막강한 완력을 이기지 못한 두 사람은 뼁 소리를 내며 나가떨어졌다. 요란한 폭음과 달리 두 사람은 아무런 부상도 당하지 않았다.

그 사이 장개산은 전방에 달려드는 자의 검신을 바람처럼 타고 넘었다. 그의 몸이 허공으로 살짝 솟구치는 순간 두 다리가 묵직하게 교차했다. 퍽퍽 소리가 연달아 울리며 또다시 두 명의 무사가 어깨를 찍혀 눌린 채 주저앉아 버렸다.

바닥에 뚝 떨어져 내리는 장개산의 머리 위로 새파란 섬광이 아슬아슬하게 스쳐 갔다. 떨어지는 몸의 속도를 미처 따라잡지 못해 천중으로 솟구친 머리카락이 뭉텅 잘려 나갔다. 아래에 있던 머리카락이 찰랑 흘러내리며 장개산은 졸지에 산발이 되어버렸다.

'이런 개 같은!'

장개산은 허리를 비틀어 솟구치며 등 뒤에 서 있던 자의 멱살을 틀어쥐었다. 동시에 자신도 모르게 힘껏 당겼던 주먹을 사내의 면상을 향해 뻗었다. 주먹은 사내의 얼굴로부터 정확히 반 뼘을 남겨두고 우뚝 멈췄다.

청옥산에서 홀로 고생을 하고 있을 사부의 얼굴이 주마등처럼 스쳐 갔다. 지금 이자를 때려눕히면 일이 더욱 복잡해진다. 오해를 풀 길도 막막해지리라. 장개산은 끝내 주먹을 뻗지 못했다.

그때였다.

탁자 너머에 있던 심사관이 돌연 탁자를 밟고 솟구치더니 허공에서 오른발을 비틀어 꺾는 기묘한 동작으로 장개산의 등허리에 강력한 일격을 가했다.

뻐엉!

흡사 철퇴로 얻어맞는 듯했다. 강력한 충격을 느낀 장개산은 무려 삼 장이나 굴러간 끝에 나동그라졌다.

벼락처럼 솟구치는 수법도 그렇고, 일장이나 날아와 선풍각(旋風脚)을 내지른 것도 그렇고, 일개 심사관 따위가 할 수 있는 묘기가 아니었다. 구경꾼들 사이에서 폭풍 같은 박수갈채가 터져 나왔다.

때마침 터진 심사관의 한마디.

"용력이 보통이 아니다. 모두 달려들어라."

앞서 날아가고 주저앉은 무인들이 벌떡 일어나 우르르 달려들었다. 네 명은 장개산의 팔다리를 하나씩 붙잡고, 한 명은 무릎으로 장개산의 등을 찍어 누른 상태에서 밧줄을 꺼내 들었다.

허리가 욱신거리는 탓도 있었지만 자초지종을 설명할 기회를 얻기 위해서라도 일단은 싸움을 멈춰야겠다는 생각에 장개산도 더는 저항을 하지 않았다.

왁자지껄한 구경꾼들 사이로 계도상이 보였다. 그는 장개산을 한참이나 응시하더니 혹여 불똥이 자신에게라도 튈까 잽싸게 사라져 버렸다.

'돌아버리겠네, 정말.'

순간, 난데없는 말발굽 소리가 지축을 울렸다. 사람들의 시선이 일제히 소리가 난 대로 쪽을 향했다. 다섯 필의 준마가 북검맹을 향해 빠르지도 느리지도 않은 속도로 달려오고 있었다.

마상에 탄 자들은 젊은 무인들이었다.

하나같이 단정하고 깨끗한 복장과 더불어 허리에 패용한 장검이 그렇게 멋들어질 수가 없었다.

거기에 기상이 있었다.

말이 달리는 박자를 따라 상체가 적당한 높이로 솟구칠 때마다 왠지 모를 기상이 뿜어져 나와 좌중을 숙연하게 만들었다.

그때 누군가 외쳤다.

"창랑사우다!"

"창랑사우가 귀환했다!"

"비연검도 함께 오는걸."

'비연검? 비연검 빙소소?'

장개산은 자신의 귀를 의심했다.

빙소소가 난데없이 여긴 왜 나타난단 말인가.

잠시 후, 환호하는 사람들을 뒤로하고 일단의 젊은 무사가 모습을 드러냈다.

첫 번째 말을 탄 사람은 남색 장포 위에 개갑(鎧甲)을 덧입은 자였다. 머리는 말아 올려 단정하게 상투를 틀고, 허리에는 오 척에 달하는 용두장검을 찼는데 멋들어진 복색만큼이나 용모 또한 준수했다.

두 번째 말을 탄 사람은 평범한 청의무복에 호리호리한 체격을 가진 미공자였다. 잘생긴 얼굴에 비해 대충 걸쳐 입은 듯한 복장과 요대 사이에 찔러 넣은 한 자루 칼이 묘하게 어울리어 어딘지 모르게 자유분방한 느낌을 주었다.

세 번째 말을 탄 사람은 영락없는 서생이었다. 단정한 백의무복이 그랬고, 학사풍의 청건이 그랬고, 창백한 얼굴이 그랬다. 그가 무인임을 말해주는 것은 허리에 찬 검 한 자루가 전부였다. 하지만 눈동자에서 한줄기 청광이 흘러나와 어쩐지 날카로운 인상을 주었다.

　네 번째 말을 탄 사람은 육척장신의 거한이었다. 어깨는 벌어져 산악을 연상시켰고, 팔뚝은 어지간한 장정의 허벅지만했다. 폭급한 성미를 말해주듯 눈썹은 관자놀이를 향해 사납게 뻗쳤고, 입술은 굳게 닫혀 있었다. 게다가 대월도(大月刀)라니……

　다섯 번째 말을 탄 사람은 비연검이었다.

　'정말 비연검이잖아?'

　사람들이 말한 창랑사우는 앞선 네 사람일 터, 빙소소가 왜 창랑사우와 함께 오는 것인가. 그제야 장개산은 빙소소가 지난날 무창에서 만나기로 했던 동료들이 창랑사우였다는 것을 깨달았다.

　더불어 죽은 유길도가 빙소소를 두고 당신은 무섭지 않으나 당신의 배경은 무섭다고 했던 말을 떠올렸다.

　빙소소는 북검맹의 무사였던 것이다.

　당금무림에서 북검맹만큼 무서운 배경이 어디 있으랴.

　여기까지 생각이 미친 장개산은 자신의 처지를 떠올리고는 정신이 번쩍 들었다. 머리카락은 잘려 산발이 따로 없고, 다섯 명의 무사에게 사지마저 붙들린 채 바닥에 엎드려 있다. 이런 모습을 그녀가 보기라도 한다면 이 무슨 개망신인가.

　장개산은 벌떡 일어나려고 했다.

그 순간, 하필 빙소소와 눈이 딱 마주쳤다.

"장 소협?"

빙소소가 갑자기 말에서 훌쩍 뛰어내리더니 장개산을 향해 잰걸음으로 달려왔다. 이어 엎드려 제압당한 장개산의 앞에 멈춰 서서는 두 눈을 부릅뜨고 물었다.

"맞죠?"

"오랜만이오."

"여긴 어떻게, 아니, 왜 이러고 있는 거죠?"

"오해가 좀 있었소."

상황이 이렇게 되자 당황한 사람들은 장개산을 붙들고 있는 무사들이었다. 장개산을 찍어 누른 상태에서 포박을 하려던 무사들은 어찌해야 할지 몰라 하던 일을 멈추고 심사관의 눈치를 살폈다. 군중마저 크게 술렁이는 가운데 어느새 다가온 창랑사우 중 첫 번째 사내가 물었다.

"소소, 무슨 일이냐?"

"제가 말했었죠? 이강에서 싸움이 벌어졌을 때 우연히 만난 역사(力士) 한 분이 크게 도움을 주셨다고. 이분이 바로 그분이에요."

"간발의 차이로 보지 못했다는 분이 귀하셨구료. 반갑소이다. 남궁휘라고 하오."

사내 남궁휘가 마상에서 정중하게 포권을 지어 보였다.

장개산은 몰랐지만 그는 남직예(南直隷)의 패자로 군림하는 대(大) 남궁세가(南宮世家)의 대공자였다.

무공은 이미 일파의 존장들과 어깨를 나란히 했고 성품은 공명정대하여 뭇 후기지수들의 흠모를 한 몸에 받았다.

"장개산이오."

장개산은 고개를 까딱해 보였다.

사지를 제압당한 상태에서 인사를 주고받으려니 이런 민망한 경우가 없었다.

남궁휘는 맑게 웃었다.

그의 얼굴에선 진심 어린 호의가 느껴졌다.

하지만 창랑사우의 다른 사람들은 아니었다.

그들은 장개산에게 인사를 건네지도 않았고 눈빛도 차가웠다. 마치 무언가 할 말이 잔뜩 있는데 억지로 참는다는 듯.

남궁휘는 잠시 주변을 둘러보더니 저만치에서 침잠한 표정으로 서 있는 장년의 심사관을 향해 포권지례를 했다. 장개산을 잡아가라고 명령했던 바로 그 심사관이었다.

"혹, 단혼도(斷魂刀) 조 선배님이 아니신지요?"

"남궁가 대공자의 눈썰미가 매섭다는 소문이 사실이었군. 반갑네. 집법당(執法堂) 당주 조길창일세."

말과 함께 심사관이 목덜미를 문질러 여태까지 쓰고 있던 인피면구를 거침없이 벗어버렸다. 그러자 퉁퉁한 장년인은 온데간데없고 매서운 인상을 지닌 초로인이 모습을 드러냈다.

북검맹은 아직 개파 초기인지라 내부 인사들의 얼굴이 크게 알려지지 않았다. 집법당 당주는 특히 그랬다.

다만 단혼도라는 별호에서 알 수 있듯이 워낙 일 처리가 단호해 맹 내에서도 이를 가는 인사가 많다는 소문이 있었다.

창랑사우에 이어 말로만 듣던 단혼도 조길창까지 출현하자 구경꾼들의 흥분은 극에 달했다. 지금까지 입맹을 하기 위해 찾아온 후기지수들에 비하면 그야말로 거물들의 등장인 셈이었다.

"한데 집법당에서 어찌 입맹관(入盟關)을 보시는 겁니까?"

입맹관은 팽나무 아래 열린 좌판, 다시 말해 입맹의 절차를 밟는 임시 관문을 일컫는 말이다.

집법당은 그 이름처럼 북검맹 맹도들을 감찰하고 잘못이 있을 경우 형을 엄히 집행하는 곳이다. 그런 집법당이 입맹관을 열고 있으니 이상할밖에.

남궁휘는 처음부터 조길창을 알아보았다.

독특한 파지법을 지닌 탓에 조길창의 오른손 엄지에는 비정상적인 형태의 굳은살이 박여 있는데, 그걸 발견했기 때문이다.

"집법당에서는 추천서를 위조해 북검맹에 간자를 침투시

키는 불순한 세력이 있다는 첩보를 입수, 오래전부터 그 배후를 추적하고 있었네. 그런데 오늘 저자가 위조추천서를 가지고 나타났네."

"이분은 그럴 분이 아닙니다."

빙소소가 불쑥 끼어들었다.

"자네는 이자를 잘 아는가?"

"무슨……?"

"가령, 사문이라든지, 아니면 어떤 종류의 무공을 익혔는지 하는 것 말이네. 그게 아니어도 그의 신분을 증명할 수 있는 것이라면 뭐든."

"그건……."

백 마디 말보다 한 장의 증거가 낫다고 판단한 조길창은 장개산이 가져온 천검문주의 추천서를 내밀었다. 빙소소가 추천서를 곰곰이 뜯어보는 사이 조길창이 말했다.

"아는지 모르겠네만 나는 한때 광동의 천검문에서 도객으로 살았네. 그런 내가 천검문주의 필적을 몰라볼 거라고 생각하는 건 아니겠지? 이건 가짜일세."

"그럴 리가……."

"그도 이미 시인을 한 일이네. 나뿐만 아니라 여기 있는 모든 사람들이 똑똑히 들었지."

앞서 승강이를 벌이던 중에 장개산이 '추천서가 가짜인 것은 맞지만'이라고 했던 말을 두고 하는 말인 모양이다. 조길 창의 말을 증명하기라도 하듯 여기저기서 자신도 들었다는 말들이 쏟아져 나왔다.

빙소소는 이게 대체 어찌 된 영문이냐는 표정으로 장개산 을 바라보았다. 정확하게 말을 하자면 그녀는 조금 화가 나 있었다. 자신과 함께 목숨을 걸고 흑도의 도당들과 싸우던 사 람이 겨우 이 정도였나 하는 배신감.

"내겐 본래 천검문주께서 써준 진짜 추천서가 있었소. 한 데 전날 이강에서 물에 빠지는 바람에 추천서가 종이떡이 되 어버렸지. 해서 어쩔 수 없이 위조를 하게 된 것이오. 추천서 는 가짜지만 추천은 진짜요. 이게 바로 그 추천서요."

말과 함께 장개산이 압제를 당한 상태에서도 팔을 놀려 품 속에서 종이떡이 된 추천서를 꺼내 보여주었다. 그 모습이 처 량하기 이를 데 없었다.

"아, 그럼 그때……!"

비로소 상황을 파악한 빙소소는 얼굴이 환해졌다. 빙소소 는 목소리를 가다듬고 조길창에게 저간의 사정을 간략하게 설명하기 시작했다.

"실은 한 달 전, 저는 창랑사우 선배들과 함께 흑수당을 추 격해 광동으로 들어간 일이 있었습니다. 그 과정에서 선배들 의 부재를 틈타 수괴를 포함한 흑수당 일당과 맞닥뜨렸는데,

그들이 배에 함께 타고 있던 양민들을 베고 강물에 빠뜨렸지요. 그때 이분 장 소협께서 물에 빠진 여자아이를 구하기 위해 강물로 뛰어들었습니다. 추천서가 못 쓰게 된 건 그 때문인 듯합니다. 이는 협의를 행하려다 그리된 것이니 당주님께서도 사정을 헤아려 주시길 부탁드립니다."

흑수당이라는 말에 군중이 크게 술렁거렸다.

조길창의 얼굴도 한순간 경직되었다.

그러나 이내 표정을 바로 하고 말했다.

"자네가 추천서의 내용을 직접 읽어보았는가?"

"그건 아니지만……."

"그렇다면 자네의 말에는 어폐가 있군. 종이떡이 된 저것이 천검문주가 써준 진짜 추천서라는 증거는 어디에도 없네. 더불어 물에 빠진 사람을 못 본 척하지 않았다고 해서 그가 북검맹에 침투하려는 불순한 자가 아니라는 증거 또한 되지 않네."

빙소소는 꿀 먹은 벙어리가 되었다.

장개산을 믿지 못해서가 아니다. 그녀 역시 단혼도 조길창에 대한 얘기를 귀가 따갑도록 들었다. 그는 철저한 원리원칙주의자였다. 그런 그에게 물증을 보지 말고 인간을 보라는 말은 통하지 않을 것이다.

반대급부로 빙소소는 장개산에 대한 자신의 신뢰가 어떤

정보에 근거한 것이 아닌, 그저 맹목적이었다는 것을 깨달았다. 더불어 그에 대해 아는 게 아무것도 없다는 것도.

그렇지만 이대로 물러서는 것은 왠지 도리가 아닌 것 같았다. 빙소소는 아직도 여선의 갑판 아래에서 엿들었던, 장개산이 선주에게 했던 말을 똑똑히 기억했다.

"그녀는 위험을 무릅쓰고 살인마를 한 달 동안이나 추격한 끝에 잡아가는 길입니다. 살인마로부터 바로 선주님과 같은 양민들을 지키기 위해. 그런 그녀를 도와주지는 못할망정 놈들에게 던져주자는 말씀이십니까?'

그런 사람이 거짓말을 할 리 없었다.

이제 자신이 그를 믿어줄 차례다.

빙소소는 단호한 음성으로 말했다.

"제가 보증을 서겠습니다."

"이건 그런 차원의 문제가 아닐세. 설혹 자네가 보증을 선다고 해서 그가 저지른 일이 없던 일로 되는 것도 아니고. 간과하고 있는 것 같아 덧붙이네만 이는 북검맹의 정기를 흐리는 중차대한 문제일세."

"당주님."

"그만해라."

창랑사우 중 세 번째 사내가 말했다.

창백한 얼굴에 학사풍의 청건을 쓴 사내였다. 장개산은 몰랐지만 그는 강서성(江西省)의 유서 깊은 검문(劍門) 옥산백가(玉山白家)의 장자 백건악이었다.

"선배!"

"너의 눈엔 북검맹이 그렇게 허술해 보이느냐?"

"……!"

"이건 집법당의 일이다. 죄가 있다면 집법당이 밝혀낼 것이고, 너의 믿음대로 그가 아무런 잘못이 없다면 곧 풀려나겠지. 한데 무엇이 문제란 말이냐."

빙소소는 고개를 돌려 남궁휘를 바라보았다.

창랑사우의 사실상 좌장격인 그의 생각을 알고 싶어서였다. 남궁휘는 웃는 얼굴로 가볍게 고개를 끄덕였다. 백건악의 말이 맞으니 집법당을 믿고 기다려 보라는 뜻이다.

빙소소는 이번에야말로 말문이 막혀 버렸다. 누구보다 자신을 믿고 지원해 줘야 할 창랑사우까지 이렇게 나서는 데야 뭐라 할 말이 있겠는가.

장개산은 버럭 짜증이 났다.

백주에 사람들에게 둘러싸여 이 무슨 개망신이란 말인가.

"그만들 하시오!"

장개산은 벌떡 일어났다.

그에게 달라붙어 있던 다섯 명의 무인이 개털에 달린 벼룩처럼 후두둑 떨어져 나갔다. 장개산은 얼빠진 얼굴을 한 채 주저앉아 있는 무사에게 다가가 밧줄을 홱 빼앗은 다음 제 몸을 스스로 친친 감았다. 이어 무사를 꼬나보며 말했다.

"갑시다, 가. 어느 쪽으로 가면 되오?"

그러곤 기다리지도 않고 북검맹의 정문을 향해 휘적휘적 걸어갔다.

*　　　*　　　*

북검맹의 장원은 작은 도시와도 같았다.

용 같고 범 같은 무인 수백 명이 한꺼번에 수련 중인 커다란 연무장이 그랬고, 연무장을 중심으로 사방을 향해 미로처럼 뻗은 길들이 그랬으며, 그 길들을 따라 보이는 전각들이 그랬다.

장개산이 끌려간 곳은 대숲을 연한 큼지막한 전각이었다. 굵은 벽돌로 벽을 쌓고 푸른 기와로 지붕을 얹은 전각 처마 아래에는 집법당(執法堂)이라는 현판이 위풍당당하게 걸려 있었다.

집법, 법을 굳게 지킨다는 말에서 장개산은 이곳에서 하는 일들을 대충 짐작할 수 있었다. 더불어 이제부터 자신이 당하게 될 일도.

하지만 걱정하지 않았다.

'너의 눈엔 북검맹이 그렇게 허술해 보이느냐? 이건 집법당의 일이다. 죄가 있다면 집법당이 밝혀낼 것이고, 너의 믿음대로 그가 아무런 잘못이 없다면 곧 풀려나겠지. 한데 무엇이 문제란 말이냐'라고 호통치던 백의 사내의 말에서 왠지 모를 신뢰를 느꼈기 때문이다.

그의 말처럼 북검맹이 정의로운 곳이라면 머지않아 자신의 결백도 밝혀낼 수 있을 것이다. 무자비한 흑도의 도당이 아닌 다음에야 무작정 사람을 죽이지는 않을 터, 천검문에 전서를 보내 제종산문의 제자에게 추천서를 써준 사실이 있는지 확인만 해보면 모든 게 간단하게 끝난다.

설마 그 정도야 해주겠지 않겠는가.

그러나 세상이 그렇게 호락호락하지 않다는 걸 깨닫는 데는 그리 오랜 시간이 걸리지 않았다.

강제로 떠밀려 안으로 들어간 장개산은 두 눈을 치떴다. 흡사 고택을 연상시키는 바깥의 고풍스러운 모습과는 달리 집법당 내부에는 살벌한 풍경이 연출되고 있었다.

내부는 그냥 커다란 공간이었다. 마루조차 깔지 않은 맨땅엔 기둥이 여기저기 박혀 있었고, 머리 위로 어지럽게 지나가는 대들보에는 피 묻은 밧줄이 치렁하게 늘어져 있었다.

중앙엔 커다란 물 항아리를 곁에 둔 열십(十)자 모양의 목조 구조물이 누워 있었는데, 의자도 아니고 책상도 아닌 그 위에는 홀딱 벗은 사내 하나가 엉덩이를 깐 채 엎어져 있었다.

사내의 주변엔 사람인지 괴수인지 분간할 수 없는 털북숭이 덩치를 비롯해 몇몇 장한이 물 묻은 곤장을 들고 볼기를 짝짝 치는 중이었다. 그때마다 엎드린 사내가 찢어지라 비명을 질러댔다.

"아이고, 죽겠네. 아이고, 죽겠네. 이놈들아! 한 군데만 집중적으로 때리지 말고 골고루 좀 때려라. 이 육시랄 놈들아! 거긴 볼기가 아니라 허리다. 사내구실을 못하게 되면 네놈들이 책임질 거냐!"

무언가 잘못을 해서 치도곤을 맞는 게 분명한데, 사내는 그 와중에도 비명을 질러댈지언정 당당하기만 했다.

때리는 사람들도 이상하다.

생긴 걸 보아하니 가히 점잖게 살아온 자들은 아닌 듯한데, 저렇게 욕을 먹으면 몇 배나 화끈한 육두문자로 돌려줄 법도 하지 않은가. 한데 볼기를 치는 장한들은 어금니를 꽉 깨물고 참았다. 대신 볼기에 힘을 실었다.

도대체 뭐가 어떻게 돌아가는 건지 알 수가 없다. 이윽고 치도곤이 끝나고 장한들이 이마에 흐르는 땀을 훔쳤다.

엎드린 사내는 '이놈들이 사람 잡네!'를 연발했고, 사내들은 항아리에서 물을 퍼 사내의 볼기에 얼룩진 피를 씻겨주었다. 그러자 사내는 또 쓰려 죽겠다고 비명을 질러댔다.

"무슨 일인가?"

장개산을 끌고 왔던 사내가 물었다.

"뻔하지, 뭐."

털북숭이 사내가 말했다.

"또인가? 정말 징글징글하군."

"열흘간 감금하는 정도에서 끝낼 줄 알았더니 이번엔 치도곤까지 치라시는군."

"그렇다고 저렇게 만신창이로 만들어 놓으면 어떡하나? 뒤탈을 어떻게 감당하려고."

털북숭이 사내는 잠깐 엎드린 사내의 눈치를 보더니 목소리를 낮춰 말했다.

"나도 처음엔 시늉만 내려고 했지. 한데 어찌나 푸짐하게 욕을 해대는지 참을 수가 있어야지. 나도 모르게 그만 힘이 들어가고 말았네."

무슨 사정이 있는지 모르지만 엎드린 사내는 북검맹에서 제법 고위직인 것 같았다. 아니면 행세깨나 하는 집안의 자제이거나.

그사이 털북숭이의 수하로 보이는 자들이 사내의 포박을

풀고는 질질 끌어다 쇠창살로 만든 뇌옥에 가두어 버렸다.

"한데 이자는 뭔가?"

털북숭이가 장개산을 힐끔 보며 물었다.

"추천서를 위조해 들어오려던 자일세."

"오, 드디어 놈들의 꼬리를 잡은 건가?"

"아직은 확실치 않네. 본인은 진짜 추천서를 잃어버리는 바람에 어쩔 수 없이 위조품을 샀다고 주장하고 있네만……"

"그거야 추궁을 해보면 알 일이지."

털북숭이 사내가 양손을 마주 잡고 손가락을 우두둑우두둑 꺾어 보였다.

"아서게, 무슨 생각이신지 당주께서 직접 심문을 하시겠다며 그때까지는 절대 손을 대지 말라고 하셨네. 용력이 예사롭지 않은 자이니 각별히 조심하고."

사내로부터 장개산을 인도받은 털북숭이는 앞서 볼기 터진 사내가 있는 뇌옥에 장개산을 집어넣고 바깥에서 문을 잠가 버렸다.

장개산은 생각했다.

'그래도 북검맹에 들어오긴 들어 왔네.'

第八章

스승이 덕으로 가르치면

제자는 신의로 따른다

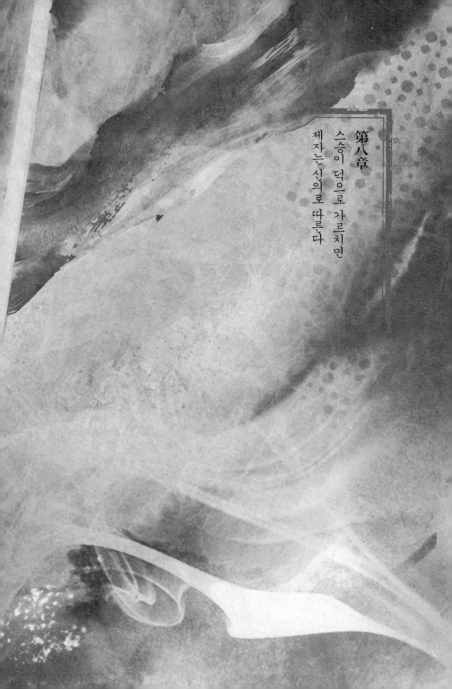

북검맹의 대장원이 자리한 서천목 아래의 분지를 항주 사람들은 귀화곡(鬼火谷)이라고 불렀다. 분지라고는 하나 좌우에 산자락을 거느린 탓에 골짜기에 가까웠고, 수백 년 전 이곳에 터를 잡은 어느 종교 단체가 산사태에 의해 떼 몰살을 당한 이후 밤만 되면 도깨비불, 즉 인광(燐光)이 넘실넘실 흘러 다니기 때문이다.

성라원(星羅院)은 귀화곡의 북쪽 산자락에 새 둥지처럼 자리한 스물여덟 개의 소전각과 그 전각이 거느린 경내를 통칭하는 말이었다.

밤하늘의 이십팔수(二十八宿) 별자리를 따 만든 스물여덟 개의 전각은 장로들을 비롯해 북검맹에서 장기간 체류하는 무림의 별들, 다시 말해 일파의 존장이나 명숙들을 위한 거처였다. 별들이 늘어선 정원이라는 뜻의 성라원도 그래서 붙은 것이다.

포검문주(捕劍門主) 빙철산은 성라원의 스물네 번째 전각 류수각(柳宿閣)에서 사문에 대한 보고를 듣던 중 갑작스러운 딸의 침공을 받았다.

"그러니까 추천서를 위조해 입맹을 하려다가 발각되어 집법당으로 끌려간 사내를 구해 달라?"

"요점이 그게 아니잖아요, 아버님. 제가 흑수당을 만나 고전을 면치 못하고 있을 때 위험을 무릅쓰고 나서서 도와준 은인이 억울하게 집법당에 끌려갔다고요."

"구명지은이라도 입었느냐?"

이 대목에서 빙소소는 약간 당황했다.

그날 유길도 일당에게 끌려간 것은 놈들에게 패해서가 아니었다. 단지 선객들로부터 유길도 일당을 떨어뜨려 놓기 위해 연극을 한 것이다.

이후 기회를 틈타 놈들의 손아귀에서 벗어났고, 놈들을 계속 추격하면서 한편으로는 창랑사우가 따라잡기를 기다리는 것이 그녀의 작전이었다. 물론 성공 가능성은 매우 희박했다.

그때 느닷없이 장개산이 말을 타고 나타나 상황을 정리해 버렸다. 분명 큰 도움을 받기는 했지만 구명지은이라고 하기에는 조금 애매했다.

무림에서 구명지은이라는 말이 지니는 의미는 무겁다. 가령, 구명지은을 베푼 상대가 흑도의 인물이라고 치자. 그 흑도의 인물이 누군가에게 죽임을 당했다면 은혜를 입은 쪽에서는 시간이 얼마가 걸리든 흉수를 찾아 복수를 해주는 것이 무림의 불문율이다.

"네. 소녀, 그에게 구명지은을 입었습니다."

"……!"

빙소소는 말을 해놓고 저도 모르게 홍당무가 되었다. 아버지의 눈동자가 좀 전과 달리 착 가라앉았다. 비로소 사태를 심각하게 바라본다는 증거였다.

"알았다. 그만 나가보거라."

"하면 아버님께서 추천서를 써주시는 건가요?"

"오늘은 그 친구를 찾지 말거라. 괜한 오해를 살까 두렵구나."

"고맙습니다."

빙소소는 공손하게 포권지례를 한 후 밖으로 나갔다. 빙소소가 나간 후 빙철산은 총관 홍원무에게 물었다.

"어떻게 생각하나?"

"과장이 조금 섞여 있는 듯합니다만."

"자네 생각도 그렇지?"

빙소소가 위험한 상황에서 도움을 받았다는 사실보다 그걸 과장해서까지 사내를 구하려 한다는 게 빙철산에겐 더 중요한 문제였다. 평생 아비에게 한 번도 거짓말을 해본 적이 없는 딸이 아니었던가.

빙소소를 아는 사람들은 그녀를 일컬어 포검문 제일의 미녀라고 한다. 딱 거기까지다. 누구나 호감을 느낄 정도로 어여쁘기는 하나 눈이 번쩍 뜨일 정도의 미색은 아니다.

게다가 천목산에 북검맹이 터를 잡고 난 후 북검삼봉(北劍三)이니 항주칠화(杭州七花)니 해서 주변엔 아름다운 여인들이 차고 넘친다.

하지만 사내가 진정으로 빠져드는 여자는 절세가인이 아니다. 오히려 평범한 듯하면서도 뜯어볼수록 매력적인 칠할 미인에게 빠진 사내가 오랫동안 헤어 나오지 못하고 허우적거리는 법이다.

딸이지만 빙소소가 딱 그랬다.

다만 그 자신이 아직 매력을 발산할 줄 모를 뿐.

빙소소가 모르는 것은 그뿐만이 아니다.

아름다운 여자는 일문의 문주보다 가진 것이 많은 법이다. 한데 빙소소는 그 힘을 사용할 줄 모른다. 그녀의 주변에 장차 무림의 별이 될 후기지수들이 얼마나 많은가.

당장 창랑사우만 해도 그렇다. 그들 넷은 어디에 내놔도 빠지지 않는 무림의 기재들이다. 구명지은을 입으려거든 그들에게 입을 것이지. 어디서 듣도 보도 못한 잡파의 제자 따위와 엮이다니……

"집법당의 당주가 단혼도였지, 아마?"

"그렇습니다."

"단혼도라……."

깐깐하기로 유명한 인물이다.

바늘로 찔러도 피 한 방울 나오지 않을 철저한 원칙주의자. 일을 처리함에 있어 오죽 융통성이 없으면 맹 내에서조차 이를 가는 사람들이 적지 않을까.

단혼도라면 외려 안심이다.

놈이 위조한 추천서를 가지고 온 것이 확실하다면 북검맹의 맹기를 어지럽혔다는 죄로 곤죽이 되도록 두들겨 팬 다음 쫓아버릴 테니까. 그래도 빙소소가 큰 도움을 받았다고 하니 죽이지는 않기를 바랄 뿐.

"서찰을 써줄 테니 단혼도에게 보내게나."

*　　　*　　　*

무사 하나가 들어와 속닥거리더니 집법당의 무사들은 번(番) 한 명 남겨두지도 않고 죄다 빠져나갔다.

쇠창살의 튼튼함을 믿기 때문이리라.

덕분에 널따란 집법당 안에는 장개산과 터진 엉덩이를 붙잡고 끙끙거리는 정체 모를 사내만 뇌옥에 남게 되었다.

해가 졌는지 창문 너머로 보이는 하늘이 컴컴했다. 장개산은 뇌옥 한가운데 앉아 상념에 빠졌다. 사부의 뜻을 받들어 천일유수행을 하겠답시고 청옥산을 떠난 지 어언 보름, 그 사이에 겪은 일들이 주마등처럼 스쳐 갔다.

'사부님께서는 뭘 하고 계실까?

강변에 산더미처럼 쌓아 놓고 온 교목을 내다 팔아야 겨울날 준비를 할 터인데, 늙은 사부가 노쇠한 몸을 이끌고 홀로 뗏목을 엮을 생각을 하니 걱정부터 앞섰다. 올해는 유난히 허리가 아프다는 말을 자주 하셨는데…….

그때 상념을 깨는 소리가 있었다.

"아이고, 불알이야. 맞기는 볼기를 맞았는데 왜 이렇게 불알이 얼얼한지 모르겠군."

앞서 뇌옥에 갇힌 사내가 부스스 몸을 일으켰다. 치도곤의 후유증이 생각보다 간단치 않았는지 사내는 얼굴을 있는 대로 찡그렸다. 하긴 볼기를 치던 마지막 무렵에는 살점이 튈 정도였으니 뼈가 상하지 않은 것만도 다행이다.

장개산은 조금 의외였다.

육두문자를 질펀하게 쏟아내던 것과는 달리 사내의 용모는 제법 그럴싸했다.

스물대여섯 정도나 되었을까?

이마는 넓고 시원해서 맑은 인상을 주었고, 눈썹은 기름을 바른 듯 윤기가 넘쳤다. 그 아래 자리 잡은 눈동자에서는 뜻밖에도 한줄기 정광이 흘러나오고 있었다.

"듣자 하니 추천서를 위조했다고?"

사내가 물었다.

아까 집법당의 무사들이 나누는 얘기를 엿들은 모양이다. 곤죽이 되도록 터진 와중에도 그 소리가 들렸단 말인가?

"내가 직접 위조한 것은 아니오."

"칼잡이가 사람을 베었다면 칼이 벤 걸까? 사람이 벤 걸까?"

"내 경우엔 다르오."

"달라? 뭐가?"

말을 말자.

지금은 무슨 말을 해도 궁색하게 들릴 뿐이다.

장개산은 화제를 돌렸다.

"그러는 형장은 왜 잡혀 온 거요?"

"투전판이 벌어지는 옆에서 술을 마시다가 느닷없이 들이

닥친 집법당의 무사들에게 끌려왔지. 아, 난 북검맹의 무사라오."

"투전판에서 술을 마시는 게 죄가 되오?"

"그럴 리가. 하필 그때 내 품속에 창룡전(蒼龍殿)의 공금 오백 냥이 들어 있었다는 게 문제라면 문제였지."

"……!"

창룡전이 어디를 말하는 건지 모르나 북검맹 내의 조직들 중 하나이리라. 눈앞의 사내는 그 창룡전의 공금 오백 냥을 들고 도박판을 기웃거리다 현장에서 들켜 붙잡혀 온 것이 분명했다. 그러고도 그렇게 당당했다니.

'뭐 이런 자식이 다 있지?'

"그런데 추천서는 왜 위조를 한 거요?"

"내가 위조한 거 아니라고 했잖소!"

"일단 그렇다고 치고, 어떻게 된 것인지 사정이나 한 번 들어봅시다. 어쩌면 내가 도울 일이 있을 지도 모르고. 이래 뵈도 내가 여러 방면으로다가 수완이 꽤 괜찮다오."

말과 함께 사내가 앉은뱅이처럼 다리를 질질 끌고 와 장개산의 앞을 차지하고 앉았다.

달리 할 일도 없는 데다 혹시 천검문에 전서구를 보낼 방법이 있는지도 물어볼 겸해서 장개산은 자초지종을 설명하기 시작했다.

"사건의 발단은 내 사부께서 광동의 유력한 무인으로부터 북검맹에 보내는 추천서 한 장을 받아 오시면서 시작되었소. 사부께서는 내가 더 넓은 세상을 경험하길 바라셨지. 나는 사부의 바람을 저버릴 수가 없어 추천서를 품속에 넣고 길을 떠났소."

사내는 정말 진지한 표정으로 이야기를 들어주었다. 혜양 땅을 떠나면서 흉악범을 호송하는 여자를 만났는데, 나중에 알고 보니 그녀가 비연검이라고 하더라는 말에는 '오오' 하며 감탄했다.

그녀가 잡아가는 놈이 흑수당 수괴의 동생이었다는 대목에선 눈을 번쩍 떴고, 유길도가 여자아이를 강물에 빠뜨리는 바람에 그 아이를 구하기 위해 강물로 뛰어들었다는 대목에선 무릎을 탁 쳤다. 마침내 이야기를 모두 끝냈을 때 사내의 얼굴엔 감탄의 빛이 역력했다.

"정말 대단한 모험담이로군."

요점은 그게 아니질 않나.

장개산은 자신의 억울함과 북검맹의 처사가 지나치다는 것을 말하고 싶었는데 눈앞의 사내는 흑수당과의 싸움에만 관심이 있었다.

"내가 비록 가짜 추천서를 내놓았다고는 하나 추천만큼은 진짜외다. 한데 자초지종을 말할 기회도 주지 않고 무조건 위조범으로 몰아 뇌옥이 가둬 버리니 나로서는 억울할밖에."

"그건 그럴 만한 사정이 있소. 한 달쯤 전 북검맹은 복건의 밀림에서 화전민 여자들 수십 명이 정체를 알 수 없는 자들에게 끌려가고 있다는 첩보를 입수했소. 이에 맹주께서는 인근에서 작전 중이던 특무조 이십여 명을 현장으로 급파했지. 한데 놈들은 어떻게 알았는지 매복을 하고 있다가 외려 특무조를 일망타진해 버렸소. 살아 돌아온 사람은 없었소. 놈들에게 끌려가던 화전민촌의 여자들 수십 명 역시 흔적도 없이 사라져 버렸고."

화전민 여자들 수십 명이 끌려간다는, 확인되지 않은 첩보만으로 북검맹이 특무조를 급파했다는 사실이 장개산은 조금 뜻밖이었다.

엄격히 말해 그건 관이 나서서 해결해야 할 일이다. 하지만 힘없는 사람들에게 법은 너무나 멀리 있다. 북검맹은 관을 대신해 무사들을 급파했다가 봉변을 당한 셈이었다. 자신에 대한 처우에 불만이 가득했던 장개산은 북검맹이 조금 다르게 보였다.

"집법당은 내부에 침투해 있던 간자가 정보를 흘린 것으로 파악하고 불철주야 그 배후를 캐던 중이었지. 특히 위조추천서를 들고 오는 자들에게 집중했소. 위조추천서는 간자들이 북검맹에 침투할 때 자주 이용하는 수법이었거든. 일단 북검맹에 입맹을 한 다음 은밀히 정보를 캐내다 어느 날 갑자기 흔적도 없이 증발해 버리는 거지. 그런데 하필 그때 형장이 위조한 추천서를 가지고 나타난 거외다."

"배후? 난 그런 거 없소. 단지 추천서를 잃어버리는 바람에 꼼수인 줄 알면서도 새로 만들었을 뿐."

"문제는 그걸 증명하지 못하면 홀딱 뒤집어쓰게 생겼다는 데 있지."

"도대체 누가 북검맹에 간자를 침투시킨다는 거요?"

"그거야 많지. 항주의 생업방회들, 흑도방파들, 사천과 운남에 걸쳐 지대한 영향력을 지닌 남악련(南嶽聯), 그 외에도 북검맹의 탄생을 마땅찮게 바라보는 세력들은 수없이 많소. 하지만 이런 곳들은 그 실체가 드러나 있으니 오히려 상대하기가 쉽지. 북검맹이 가장 신경을 쓰는 곳은 보이지 않는 세력이오. 창랑사우가 흑수당을 추격해 광동의 밀림까지 들어간 것도 그 때문이고."

"흑수당? 거기서 왜 흑수당이 나오는 거요?"

"강호엔 수년 전부터 오래전에 자취를 감췄던 좌도방문의 무공들, 다시 말해 사공(邪功)이 급속도로 퍼지고 있소. 한데 바로 그 사공을 익히는 자들을 막상 잡아 족쳐 보면 서로 연결이 안 되면서 추격이 끊어지는 거요. 한마디로 모종의 세력이 준동하는 건 분명한데, 실체는 전혀 밝혀지지 않았다고나 할까. 북검맹이 탄생한 결정적인 이유가 바로 그것이오. 함께 대응해야 할 필요성을 느낀 것이지. 세상에 잘 드러나지 않아서 그렇지 북검맹은 지금 총력을 기울여 사공을 퍼뜨리는 자들의 뒤를 캐는 중이오."

여기까지는 빙소소에게도 들어서 어느 정도 알고 있었다.

"창랑사우가 흑수당을 추격한 것도 그런 일의 일환이었소. 우연한 기회에 흑수당이 사공을 익히는 데 필요한 시체를 미지의 인물들에게 정기적으로 공급한다는 사실을 알아냈거든. 북검맹은 흑수당으로부터 시체를 공급받는 자들이 토막토막 끊어진 개개인이 아니라 서로 연결된 다수의 인물들이라고 추측했지. 유일하게 유길도가 그 명단을 알고 있었는데 형장이 죽여 버린 거고."

"하면 그때 그래서……!"

"음, 뭐가 말이오?"

"입맹관에서 우연히 만났을 때 창랑사우가 어쩐지 날 못마땅해하는 눈치였소. 청건을 쓴 백의공자가 특히 그랬는데, 그는 비연검이 내 역성을 들자 따끔하게 혼을 내기까지 했소."

"백건악 말이군. 머리가 워낙 비상해 창랑사우 중에서도 상대하기가 가장 까다로운 인물이오. 계집애처럼 예쁘게 생겨서 여자들에게 인기도 많고 말이지."

머리가 비상해 상대하기 까다롭다는 것과 여자처럼 예쁘

게 생긴 게 무슨 상관이 있는지 모르겠다.

"뭐, 그리 틀린 말은 아니었소. 다만 내가 이해할 수 없었던 건 그가 비연검에게 화를 낼 때 어쩐지 내게 화를 내는 것 같더란 말이오. 그런데 이제 보니 내가 유길도를 죽여 버렸기 때문이로군."

"창랑사우는 자신들이 세상에서 가장 잘난 줄 아는 부류요. 뭐 그런대로 실력들이 쓸 만한 것도 사실이고. 아무튼 그런 놈들이 한 달에 걸쳐 추격을 한 것은 고작 흑수당 따위를 일망타진하기 위해서가 아니었단 말이지. 한데 형장이 앞질러 가서는 유길도의 목을 뎅겅 쳐버렸으니 화가 날밖에. 비연검을 구하려다 그랬으니 말도 못하고, 지금쯤 속이 부글부글 끓겠군. 크크크."

사내는 고소해 죽겠다는 듯 배를 잡고 웃었다. 그러다 쥐가 났는지 느닷없이 다리를 붙잡고 주무르기 시작했다.

"아무튼, 내 얘긴 이게 끝이오. 이래도 내가 추천서 위조범이오?"

"음, 확실히 형장의 입장에선 억울한 측면이 있겠군. 문제는 형장을 쓰러뜨린 그 노인네가 답답하기로는 둘째가라면 서러울 집법당 당주 단혼도 조길창이라는 데 있소. 워낙에 말이 통하지 않는 데다 고집이 쇠심줄같이 질긴 노인네인지라 일이 쉽게 풀리지는 않을 거요. 어느 정도 각오를 하는 게 좋을 거외다."

"그래서 말인데 혹 광동 천검문에 전서구를 보낼 방법이 없겠소?"

"천검문? 거긴 왜?'

사내가 다리를 주무르다 말고 눈을 동그랗게 떴다.

"내게 추천서를 써주신 분이 바로 광동 천검문의 문주외 다. 그분이 제종산문 십칠대 제자 장개산에게 추천서를 써준 사실이 있다는 것만 확인해 주면 난 결백을 입증할 수 있소. 그러면 모든 게 간단하게 해결되지."

"어……!'

사내는 가타부타 대답은 않고 손가락으로 장개산을 가리 키며 이상한 소리를 냈다. 그러다 혀로 입술을 한 차례 핥고 는 말했다.

"그건 소용없을 것 같소."

"왜?'

"형장이 처음에 받았다는 추천서 역시 가짜거든."

"그게… 무슨 말이오?'

"아무래도 그 추천서 내가 써준 것 같소. 한 달 전쯤 집에 다니러 갔을 때 누가 추천서를 써달라고 찾아왔더군. 투전판 판돈이나 좀 마련해 볼 욕심에 마침 출타 중인 아버지를 대신 해 내가 인장을 훔쳐다가……. 뭐, 어쨌든 그렇게 되었소. 살다보니 이런 인연도 다 있군. 반갑소. 내가 바로 광동 천검문의 소공자 설강도외다."

"……!"

"……?"

"이런 개자식이!"

천둥 같은 대갈일성과 함께 장개산이 숨을 크게 들이쉬었다. 가슴이 빵빵하게 부풀어 오르고 몸을 옥죄고 있던 밧줄이 팽팽하게 당겨지며 살갗을 파고들었다. 저러다 몸이 잘리는 게 아닌가 싶은 순간 밧줄이 투툭 터져 나갔다.

분기탱천한 장개산은 넋 나간 채 앉아 있던 설강도의 턱을 다짜고짜 날려 버렸다. 퍽! 소리와 함께 설강도가 쓰러지는 순간 장개산은 이제 놈의 가슴팍에 올라타고 목을 조르기 시작했다.

사부가 한 계절 내내 여우를 잡아서 판 돈으로 추천서를 샀더니 그것마저 가짜였다고? 그것 때문에 예정에도 없었던 천일유수행을 칠 년이나 앞당겨서 하게 됐다고? 청옥산을 떠난 이후 지금까지 겪은 모든 일이 개고생에 지나지 않았다고?

이 상황에서 돌지 않으면 사람이 아니다.

장개산은 목을 조르는 손에 더욱 힘을 주었다.

설강도는 거대한 바윗덩어리에 깔린 것처럼 옴짝달싹할 수가 없었다. 장개산의 양손을 하나씩 나눠 잡고 압제라도 풀어 보려 했지만 역시 꿈쩍도 하지 않았다. 그사이 얼굴은 피가 몰려 홍시가 되었고, 눈알은 툭툭 튀어나왔다.

그때 문이 벌컥 열리며 집법당의 무사들이 우르르 들어섰다. 별 생각 없이 집법당으로 들어서던 그들은 뇌옥 안에서 벌어지는 광경을 발견하고는 두 눈을 부릅떴다.

"뭐, 뭐야!"

"저놈이 설 공자를 죽이려 한다."

"어서 설 공자를 구해라!"

대경실색한 집법당의 무사들이 재빨리 쇠창살문을 따고 뇌옥으로 뛰어들었다. 그들은 앞뒤 살필 겨를도 없이 일단 장개산을 덮쳤다. 어깨를 부딪치고, 팔을 끌어당기고, 무릎으로 옆구리까지 가격했지만 장개산은 꿈쩍도 하지 않았다.

보다 못한 털북숭이 거한이 달려들어 장개산을 등 뒤에서 안은 다음 양팔로 조이기 시작했다. 손을 못 쓰게 함과 동시에 갈비뼈를 통째로 부숴 버릴 작정인 것 같았다.

덩치가 예사롭지 않더라니 털북숭이 사내의 완력은 대단했다. 하지만 딱 거기까지였다. 온몸의 핏줄이 툭툭 불거질 정도로 힘을 썼지만 털북숭이 사내는 장개산을 조금도 옥죄지 못했다. 외려 엉뚱한 일이 벌어졌다.

"좀 비켜봐!"

장개산이 한 팔을 뒤로 힘껏 내질렀다.

컥! 하는 소리와 함께 장개산의 팔꿈치에 명치를 얻어맞은 털북숭이 사내가 그대로 쓰러져 바닥을 뒹굴었다.

"이런 미친 새끼가!"

눈이 뒤집힌 집법당의 무사들은 이제 장개산을 닥치는 대로 구타하기 시작했다. 퍽퍽 소리가 요란하게 울려대는 와중에도 장개산은 도무지 멈출 기미를 보이지 않았다.

"뭐하는 짓들이냐!"

뇌옥을 쩌렁하게 울리는 목소리에 집법당의 무사들이 발길질을 멈추고 고개를 돌렸다. 집법당의 당주 조길창이 뇌옥 앞에 서 있었다.

"당주님, 마침 잘 오셨습니다. 저, 저 괴물 같은 놈이 설 공자를 죽이려고!"

"포박을 해놓지 않았더냐?"

"그럴 리가요?"

말과 함께 주변을 두리번거리던 사내의 눈에 면발처럼 뚝뚝 끊어진 밧줄이 보였다. 집법당의 다른 무사들도 뒤늦게 그걸 발견했다. 사람들은 끊어진 밧줄과 장개산을 번갈아 보며 기가 막히다는 표정을 지었다.

조길창은 바닥에 대(大) 자로 누워 사색이 된 설강도를 일별하고는 다시 그 위에 바위처럼 올라타고 있는 장개산을 향해 나직하게 말했다.

"진짜로 죽일 게 아니라면 그쯤 하게."

조길창은 뇌옥 안의 광경을 목격하는 순간 장개산에게 살의는 없음을 간파했다. 정말로 살의가 있었다면 목을 조르는 대신 단번에 목뼈를 부러뜨리는 편을 택했을 것이다. 그래야 자신을 구타하는 집법당의 무사들도 상대할 수 있을 테니까.

장개산의 손이 그제야 스르륵 풀어졌다.

가슴에서도 내려와 힘없이 주저앉았다. 그러자 좀 전의 살벌하던 모습은 온데간데없고 삶은 문어처럼 축 늘어진 사내가 나타났다.

설강도는 옆으로 굴러 몇 차례 꺽꺽 소리를 내는가 싶더니 침과 콧물을 있는 대로 쏟아냈다. 그러다 조길창을 발견하곤 슬그머니 일어나 공손하게 포권지례를 올렸다.

"사, 사부님 오셨습니까?"

'이건 또 뭔 상황이야?'

장개산은 두 눈을 부릅뜨며 조길창과 설강도를 번갈아 보았다. 그러다 문득 조길창이 천검문에서 도객으로 몇 년을 살았다는 얘기를 들었던 게 기억났다. 단순한 도객이 아니라 설강도에게 무예를 전수해 준 초청사부였나 보다. 어쩐지 발길질이 예사롭지 않더라니.

"또 무슨 사고를 친 게냐?"

조길창이 설강도에게 물었다.

목소리엔 한기가 가득했다.

"통성명을 하는 과정에서 약간 오해가 생겨 사내들끼리 주먹다짐을 좀 했습니다. 별일 아니니 신경 쓰지 마십시오."

설강도는 자신이 가짜 추천서를 만들어준 것 때문에 일이 한정없이 커질 것 같자 어물쩍 넘어가려 했다. 까딱하다간 공금횡령에 이어 위조추천서로 맹기를 어지럽힌 죄까지 추가될 판이다.

집법당의 무사들은 어리둥절한 표정으로 설강도를 보았다. 주먹다짐을 했다고? 자신들이 보기엔 일방적으로 당하는 것 같았는데.

조길창은 한심하기 짝이 없다는 표정으로 설강도를 일별하고는 아직도 뇌옥 안에서 서성이는 집법당의 무사들을 향해 말했다.

"너희는 그만 볼일 보거라."

자리를 비켜 달란 소리다.

털북숭이 거한을 비롯해 집법당의 무사 여섯 명은 멋쩍게 뇌옥을 나와 저만치 구석에 있는 화로로 걸어갔다. 그러곤 털을 죄다 뽑힌 생닭을 쇠꼬챙이에 꽂아 굽기 시작했다. 우르르 몰려가더니 저놈을 잡으려고 그랬나 보다.

"빙소소가 나를 찾아왔더군. 아비인 포검문주가 곧 자네를 위한 추천서를 써주기로 했으니, 추천서가 도착하는 즉시 방면해 주면 고맙겠다고. 그리고 정말로 포검문주가 인편을 통해 서찰을 보냈네."

"아, 포검문주가 있었지. 그분께서 추천서를 써주시기만 하면 만사형통이지!"

설강도가 반색을 하며 쇠창살 가까이 다가왔다.

장개산은 침잠한 눈으로 조길창을 응시했다. 포검문주가 누구인지는 모른다. 하지만 앞뒤 정황으로 보아 빙소소의 아버지이며 북검맹에서 제법 힘깨나 쓰는 위인인 듯했다.

조길창은 소맷자락 속에서 반듯하게 접힌 종이 한 장을 꺼내더니 보란 듯이 펼쳐 보였다. 장개산은 서찰에 적힌 내용을 천천히 읽어갔다.

집법당 당주 단혼도 조길창 친전.

금일 입맹관에서 있었던 일로 말미암아 당주의 노고가 크신 줄 아오. 이에 빙 모는 포검문의 입장을 밝혀 당주의 고충을 덜어 드리고자 하외다. 은(恩)이 있다면 응당 포검문에서 따로 계산할 것인즉, 당주께서는 포검문의 체면을 개의치 말고 평소처럼 원칙대로 처리하시길 바라오.

포검문주 빙철산 배상.

"이게 뭡니까?"

설강도가 뜨악한 얼굴로 물었다.

딱 장개산이 묻고 싶은 말이었다.

이게 대체 뭐하자는 수작인가.

조길창은 서찰을 다시 접어 소맷자락 속에 넣고는 말했다.

"말 그대로일세. 포검문주는 자네를 도와줄 생각이 눈곱만큼도 없네. 오히려 딸이 자네와 엮이는 것을 경계한 나머지 내가 자네를 쳐내길 바라고 있지."

"그런데 왜 보여주시는 겁니까?"

이번에도 설강도가 장개산을 대신해 물었다. 입이 한 자나 튀어나온 것이 마치 자기가 장개산이라도 된 것처럼 억울해했다. 조길창은 설강도에게는 눈길 한번 주지 않은 채 장개산을 향해 말을 이어갔다.

"혹시나 기대를 했었다면 접으라는 뜻일세. 그동안 어디서 어떻게 살았는지 모르나 무림은 자네가 살던 곳과는 다르네."

그래서 뭐 어쩌란 말인가.

마지막 희망까지 물거품이 되어 버리자 장개산은 만사가 귀찮아졌다. 일이 이렇게까지 되었는데 굳이 여기 있을 필요가 있을까?

장개산은 천천히 몸을 일으켰다. 그러곤 집법당의 무사들이 깜박 잊고 잠그지 않은 쇠창살문을 태연히 열고 나와서는 조길창을 지나쳐 갔다. 그게 너무나 자연스러워 한순간 상황을 제대로 인식하지 못한 조길창이 뒤늦게 물었다.

　"지금… 무얼 하는 건가?"

　"가는 겁니다."

　"어딜?"

　"북검맹의 무사가 되긴 글렀으니 딴 곳을 알아봐야죠. 여러 가지로 죄송하게 됐습니다."

　"누구 마음대로!"

　벼락같은 호통과 함께 조길창이 신형을 날렸다. 눈 깜짝할 사이에 장개산의 앞을 막아선 그는 두 다리를 어깨너비로 벌리며 허리춤에 매어 둔 그의 애병 단혼(斷魂)을 잡아갔다.

　저만치 화로 곁에서 닭을 굽던 집법당의 무사들도 병장기를 집어 들고 하나둘씩 조길창의 곁으로 모여들었다.

　"저의 무고함은 노인장의 제자가 밝혀줄 것입니다."

　"그건 내가 판단할 일이다. 뇌옥으로 돌아가라!"

　"제가 북검맹의 무사가 아닌 이상 북검맹이 저를 속박할 권리는 어디에도 없습니다. 북검맹이 저의 무고함을 밝혀줄 때까지 기다려 줄 의무 또한 없고요."

　"베겠다!"

"이번엔 그냥 당해주지 않을 겁니다. 비키십시오."

장개산의 눈동자가 어느 때보다도 차갑게 가라앉았다.

조길창의 눈썹이 사납게 치솟았다.

그는 자신의 귀를 의심했다. 지금의 상황도 이해가 되질 않았다. 북검맹의 뇌옥이 어디 오고 싶으면 오고 가고 싶으면 가는 곳이던가. 녀석은 도대체 지금의 상황이 뭐라고 생각하는 걸까.

하지만 조길창은 칼을 뽑지 않았다.

차갑게 가라앉은 가운데 어딘지 모르게 쓸쓸해 보이는 듯한 놈의 눈동자를 마주하는 순간 한 번의 기회를 더 주고 싶었다.

"왜 그토록 북검맹의 무사가 되고 싶어 했는가?"

"제가 세상에서 유일하게 무서워하는 분의 바람이었습니다."

"그가 누구인지 물어도 되겠는가?"

"제 사부님이십니다."

"……!"

조길창은 평생 세상을 떠돌며 부호의 자제들에게 도법을 가르쳤다. 이른바 초청사부라는 것이다. 돈을 받고 무공을 가르치는 스승을 부호의 제자들은 진정한 사부로 섬기지 않는다.

당장에 저 설강도란 녀석만 해도 그렇다. 그토록 자중하라 일렀거늘, 스승의 가르침을 개 콧구멍으로 듣지 않은 이상 제 자란 놈이 저렇게 매양 사고나 치고 다닐 수는 없다.

말로는 여전히 사부라 하고, 예의도 깍듯이 갖추지만 사승 의 관계는 그런 외적인 모양새로 말해지는 게 아니다.

스승은 먼 길 떠나는 제자를 위해 머리카락을 잘라 미투리 를 삼아주고, 제자는 스승의 가르침만으로도 밤길을 두려움 없이 가는 것이 진정한 사승의 관계다.

장개산이라고 했던가?

저 우직한 천둥벌거숭이에게 북검맹의 무사가 되라는 사 부의 한마디는 합리성을 따지기 이전의 어떤 신념 같은 것이 었으리라. 조길창은 문득 광동의 어느 산골짜기에 있다는 이 름 모를 노인이 부러웠다.

'내가 부덕한 탓이거늘 누구를 탓하리오.'

그 사이 장개산은 조길창을 태연히 지나쳐 갔다. 그의 행동 어디에서도 두려움이나 망설임 따위는 찾아볼 수 없었다. 조 길창은 칼을 뽑지 않았다. 대신 놈에게는 칼보다 무서울 한마 디를 했다.

"사부의 염원을 이렇게 쉽게 저버릴 것인가."

조길창의 예상이 맞았다.

장개산이 걸음을 우뚝 멈추더니 천천히 뒤를 돌아보았다.

조길창의 말이 이어졌다.

"천검문으로 전서구를 보내고 오는 길이네."

"……!"

"천검문주가 자네에게 추천서를 써준 사실이 있음을 확인해 주면 최소한 불순한 목적으로 북검맹에 오지 않았다는 것은 입증할 수 있겠지. 추천서를 위조한 죄에 관해서는 따로 문책이 있을 것이나 북검맹의 무사가 되는 데는 지장이 없네. 물론 자네의 주장이 모두 사실이라는 전제하에서."

설강도는 아연실색했다.

아버지 천검문주는 당연히 그런 사실이 없다고 답장을 보내올 것이고, 그렇게 되면 장개산은 자초지종을 털어놓을 것이다.

자신은 아버지의 인장을 훔쳐 가짜 추천서나 만들어준 천하의 개망나니 자식이 되고 북검맹의 맹기를 어지럽힌 죄로 또다시 치도곤을 맞아야 한다. 설강도는 입술에 침을 바르고 일장연설을 시작했다.

"사부님, 그건 안 됩니다. 여기서 천검문까지 거리가 얼마인데 언제 전서구를 보내고 또 받는단 말씀이십니까? 그건 천부당만부당한 말씀이십니다. 비연검을 구하고 흑수당을 일망타진한 공이 적지 않으니 차라리 맹주께 말씀드려 저 친구를 일단 맹도로 들인 다음 시간을 두고 지켜보시는 것이 어떠신······."

설강도의 말은 조길창에 의해 잘렸다.

"자, 이제 어떻게 하겠나? 이래도 나가겠다면 난 칼을 뽑겠네. 미리 말해두겠네만 난 평생 칼 한 자루를 벗하며 살아왔네. 단언컨대 내 몸에 손가락이 닿기도 전에 반드시 피를 보게 될 걸세."

조길창이 장개산을 무섭게 노려보며 말했다.

흡사 최후의 통첩이라도 하는 듯 비장했다.

장개산을 막아선 집법당의 무사들도 병장기를 쥔 손에 더욱 힘을 주었다.

장개산은 무심한 표정으로 조길창을 응시했다.

설강도는 간이 쫀득하게 오그라드는 것 같았다. 지금 격돌하면 둘 중의 하나는 죽는다. 투전판 밑천이나 좀 만들어 볼 생각으로 장난을 한 것이 이토록 큰 사태를 몰고 올 줄이야.

한데 무슨 생각에선지 장개산이 돌연 조길창을 홱 지나쳐 뇌옥 안으로 들어오는 것이 아닌가. 이어 뇌옥의 한가운데로 가서는 바닥에 털썩 주저앉아 조길창을 노려보았다.

설강도는 어안이 벙벙했다.

그 사이 털북숭이 사내가 황급히 달려와 쇠창살문을 굳게 잠갔다.

"자네의 주장이 거짓으로 판명 날 경우 단단히 각오를 해야 할 걸세. 집법당은 두 번씩이나 북검맹을 희롱한 자에게 결코 관대하지 않다네."

조길창은 단호한 경고를 남겨둔 채 집법당을 빠져나갔다. 저만치 멀어지는 조길창의 등에 대고 설강도가 허리가 부러져라 인사를 했다.

"사부님, 살펴 가십시오."

쾅! 소리와 함께 집법당의 문이 닫혔다. 병장기를 집어 들고 모였던 무사들도 다시 닭이 익어가는 화로 곁으로 돌아갔다. 설강도가 다급히 장개산의 곁을 차지하고 앉으며 말했다.

"대체 어쩌려고 그런 무모한 짓을 했나. 저 노인네가 얼마나 무서운 줄 알고. 어쨌든 뇌옥으로 돌아온 건 잘했네. 일단 시간을 벌었으니 함께 묘안을 짜보자고."

갑자기 반말이다.

정말 이상한 놈이다.

녀석은 장개산이 좀 전에 자신의 목을 조였던 것을 뭐라고 생각하는 걸까? 그러거나 말거나 신경 끊자. 이제부터 이 녀석에게 받아내야 할 게 있다.

"얼마 받았어?"

"뭘?"

"우리 사부님께 가짜 추천서 써주고 얼마 받았냐고?"

"글쎄, 오래되어서 기억이 잘……."

장개산은 설강도의 멱살을 와락 틀어쥐었다. 그러곤 어금니를 빠드득 갈며 착 가라앉은 음성으로 말했다.

"한번 해보자는 거냐?"

"천오백 냥… 받았다."

"……!"

끙 소리가 절로 나왔다.

천오백 냥이라니. 그 돈이면 반년 동안 쉬지 않고 벌목을 해야 벌 수 있는 돈이다. 한 계절을 사냥해서 돈을 장만한 줄 알았더니 사부는 아주 오래전부터 이런 준비를 하고 있었나 보다. 그 모든 게 물거품이 되었으니 훗날 사부를 어찌 뵈올꼬.

장개산은 팽개치듯 설강도를 놓아주었다.

이어 품속에서 종이 쪼가리 하나를 꺼내 설강도의 앞에 탁 소리가 나도록 내려놓았다. 그 종이를 보는 순간 설강도는 소스라치게 놀랐다. 종이는 좀 전에 조길창이 가져와 보여준 포검문주의 서찰이었다.

"이걸 언제……!"

앞서 조길창은 장개산에게 자신의 몸에 손가락이 닿기도 전에 반드시 피를 보게 될 거라고 경고한 바 있다. 한데 장개산은 손가락이 닿는 정도가 아니라 보란 듯이 소맷자락 속에 든 서찰을 빼냈다. 조길창의 경고가 틀렸음을 증명한 것이다.

'대체 어디서 이런 괴물이 튀어나온 거지?'

"써!"

"뭘?"

"다음에 나를 만났을 때 천오백 냥을 갚겠다는 각서를 쓰란 말이다. 설마 그냥 떼먹을 생각은 아니겠지?"

말과 함께 장개산이 서찰을 휙 뒤집어 놓았다.

비싼 종이라서 그런지 뒷면은 글자 하나 안 비치며 깨끗했다.

"혹시… 뇌옥으로 다시 들어온 이유가?"

"빨리 써!"

"먹과 붓이 없네."

"손가락을 깨물어 혈서를 쓰는 방법도 있지."

"……!"

설강도는 손가락을 깨물지는 않았다. 대신 바지춤에 손을 넣어 엉덩이의 상처를 쥐어짠 다음 손가락에 피를 묻혀 각서를 써 내려갔다.

각서.

나 설강도는 장개산에게 피치 못할 사정으로 천오백 냥을 빚진바, 다시 만나면 꼭 갚을 것임을 약속한다.

"이제 어떡할 셈인가?"

설강도가 각서를 장개산의 앞으로 밀어 놓으며 물었다. 장개산은 각서를 고이 접어 품속에 집어넣었다. 뇌옥으로 다시 돌아온 건 각서를 받기 위해서이기도 했지만 그보다는 조길창과 싸우고 싶지 않아서였다.

인간미라고는 눈곱만큼도 찾아볼 수 없는 노인네였지만 그래도 자신의 말을 믿고 천검문에 전서를 보내주지 않았는가.

결과적으로 헛짓거리가 되어버렸지만 그래도 왠지 믿을 만한 사람이라는 생각이 들었다. 그런 사람을 때리고 싶지는 않았다.

그렇다고 뇌옥에 갇혀 있을 생각은 눈곱만큼도 없었다. 천검문으로부터 돌아올 답변이 뻔한 바에야 여기 있을 이유가 전혀 없다. 오히려 전서가 도착하는 날엔 빼도 박도 못하게 되리라.

"일단 떼인 돈부터 회수해야지."

"떼인 돈?"

"너 말고도 한 군데 더 있어."

장개산은 자리에서 일어나 뇌옥의 맞은편 벽에 등을 붙였다. 갑작스러운 장개산의 행동에 화로에서 꺼낸 닭을 막 먹으려고 하던 집법당의 무사들이 동작을 멈추고 장개산을 보았다.

벽과 쇠창살문과의 거리는 불과 일 장, 장개산은 무소처럼 돌진하며 어깨로 쇠창살문을 들이받았다.

꽝!

쇠창살 전체가 짜르르 울리며 비명을 질러댔다. 그때까지도 집법당의 무사들은 장개산이 무얼 하려는 건지 알지 못했다. 설마 저 미친놈이 쇠창살문을 부수려는 건 아니겠지라고 생각했다. 그 순간 장개산의 황소 같은 어깨가 쇠창살문을 두 번째로 들이 받았다.

꽈당!

자물통이 폭탄을 맞은 것처럼 터져 나가며 쇠창살문이 발칵 열렸다.

"저런 미친놈이!"

대경실색한 집법당의 무사들이 뒤늦게 병기를 집어 들고 벌떡 일어섰다. 뇌옥을 튀어나온 장개산은 도망가지 않았다. 외려 집법당의 무사들을 향해 비호처럼 몸을 던졌다.

첫 번째 상대는 기다란 철봉을 든 털북숭이 거한이었다. 장개산은 바닥을 짧게 박차며 허공으로 살짝 떠올랐다. 동시에 털북숭이 장한의 명치에 무릎을 꽂아 넣은 다음, 그의 등을 타고 돌며 선풍각을 날렸다.

뻐버벅! 소리가 짧게 울리고 세 명이 가슴을 움켜쥐며 무릎을 꿇었다. 털북숭이 사내의 왼편으로 돌아간 장개산은 머리 위로 떨어지는 칼을 가볍게 피한 다음 양손을 활짝 열었다. 퍼퍽! 소리와 함께 두 명이 역시나 가슴을 움켜쥐며 쓰러졌다.

명치, 달리 거궐혈(巨闕穴)이라고도 불리는 이 부위는 급소 중의 급소다. 하지만 힘 조절을 정확하게 하면 목숨을 앗아가지 않으면서도 상대를 일시적으로 항거불능의 상태로 만들어 버릴 수 있다.

털북숭이 장한을 비롯해 여섯 명의 집법당 무사는 숨이 턱턱 막히는 고통에 벌레처럼 몸을 말며 바닥을 뒹굴었다.

장개산은 그들을 하나씩 번쩍번쩍 들어다 뇌옥 안에 집어넣고는 바깥에서 쇠창살문을 닫아 버렸다. 이어 털북숭이 장한이 떨어뜨린 철봉을 주워다 쇠창살문에 끼우고 힘을 주기 시작했다.

장대한 팔뚝의 근육이 부풀고 꿈틀거리기를 한참, 오 척에 달하는 철봉이 엿가락처럼 천천히 구부러지는 게 아닌가. 장개산은 철봉으로 쇠창살문을 두 바퀴나 돌려 감은 다음 양 끝단을 하나로 모아 배배 꼬아 버렸다.

뇌옥을 탈출한 장개산은 저만치 탁자로 가서 집법당의 무사들이 먹으려던 닭다리 한 짝을 뜯어 일단 입에 물었다. 이어 나머지 몸통을 누군가 꺼내 놓은 수건에 돌돌 말아 품속에 넣고는 다시 입에 문 닭다리를 뜯어 먹으며 후다닥 집법당을 나가 버렸다.

설강도와 집법당의 무사들은 그 모습을 멀거니 지켜보고만 있었다. 눈동자는 초점을 잃고, 쩍 벌어진 입으로는 침을 질질 흘리면서.

第九章

수상한 객점

북검맹을 빠져나왔을 때는 깜깜한 밤이었다.

점심 무렵에 잡혀갔으니 그 사이 반나절이 훌쩍 지나간 것이다.

장개산은 일단 호해교동으로 들어갔다. 다음엔 기억을 더듬어 계도상이 이끌었던 길을 되밟아 갔고, 마침내 인적이 드문 으슥한 골목에서 걸음을 멈추었다. 여기서부터는 복면을 쓰고 갔다. 장개산은 눈을 감고 심호흡을 시작했다.

"박쥐는 소리로, 개는 냄새로 세상을 본다. 눈을 감고 오감을 열어라. 그때 보이는 세상은 더는 이전에 보던 세상이 아닐 것이다."

눈 내리던 어느 날 밤 사부가 해준 말이었다.

사부는 이것이 대대로 내려오는 제종산문의 사냥술 중 하나라고 했다. 십 년만 수련하면 세상에 추격해 잡지 못할 짐승이 없다면서.

장개산은 믿지 않았다.

짐승을 추격하자면 오히려 눈을 크게 뜨고 발자국을 살피는 게 낫다. 발자국이 찍힌 방향, 땅이 마른 정도, 깊이 등을 통해 지나간 시간과 짐승의 몸 상태까지 파악할 수 있으니까.

장개산은 다르게 해석했다.

눈을 감고 오감을 열라는 것은 고도의 집중력을 통해 무의식 속에 있는 어떤 잠재력을 끄집어내라는 뜻이다. 지금의 경우엔 기억력이었다.

장개산은 천천히 걸음을 옮겼다. 눈을 가린 채 계도상의 손을 잡고 걸었던 길을 그대로 되짚어갔다. 발걸음의 숫자와 발바닥을 통해 느껴지던 토질, 속도에 따른 시간, 바람에 묻어오던 사람들의 목소리를 생생하게 기억하며.

그리고 마침내 걸음을 멈췄다.

이곳에서 계도상은 어떤 건물로 들어갔다.

장개산은 천천히 눈을 떴다.

흡사 곰을 연상케 하는 칠척장신의 커다란 덩치 하나가 가슴에 대도를 품은 채 자신을 내려다보고 있었다.

뭔 놈의 덩치들이 이렇게 많은지 모르겠다. 북검맹의 뇌옥을 지키던 털북숭이 사내도 예사롭지 않은 체구였는데 눈앞의 사내는 그야말로 거대했다.

어디 가서 덩치로는 밀려본 적이 없었는데 항주에 와서 보니 자신은 그냥 조금 큰 축에 속할 뿐이었다. 이 또한 도시라는 괴물이 지닌 속성이리라.

거대한 사내의 좌우에는 역시나 칼을 품은 두 명의 칼잡이가 서 있었다. 얼굴에 어지럽게 새겨진 칼자국들이 어떤 삶을 살아왔는지 말해주었다. 사내들의 뒤로는 낡아 빠진 현판 하나가 보였다. 한데 현판에 새겨진 이름이 괴이했다.

망구객점(忘旧客店).

옛일, 혹은 옛사람들을 잊는다는 뜻이다. 객점에다 왜 하필 저런 괴이한 이름을 붙였을까? 게다가 이곳은 대로에서도 한참 떨어진 곳이었다. 뒷골목을 속속들이 아는 토박이들이 아니라면 아무리 봐도 손님이 올 만한 곳이 아니었다.

여러 모로 수상한 객점이다.

"여기서 뭐하는 거요?"

거한의 사내가 물었다.

"계도상을 만나러 왔소."

"그런 이름은 들어본 적 없소만."

"그가 낮에 나를 이 객점 안으로 끌고 들어갔소."

"모르는 사람이라고 한 것 같소만."

"내가 직접 찾아보리다."

말과 함께 장개산이 사내를 지나쳐 가려 했다.

사내가 한 걸음을 옮겨 디디며 다시 장개산을 가로막았다.

"친구, 오늘은 그냥 돌아가라."

"왜 그래야 하오?"

"오늘 밤엔 장사를 하지 않는다."

거짓말이다. 벌어진 널빤지 사이로 불빛이 새어 나오는 데다 시끌벅적한 소리도 끊임없이 들려왔다.

"하는 것 같은데."

거한은 두 걸음을 물러섰다. 그리고 가슴에 품었던 대도를 한 손으로 옮겨 쥔 다음 아래로 늘어뜨렸다. 곁에 있던 검상의 사내들도 몇 걸음을 옮겨 장개산의 좌우를 점하고 섰다. 장개산을 중심으로 세 명이 삼각형을 이룬 것이다.

"제법 간이 큰 놈이로구나. 혼자서 여길 찾아올 생각을 하다니. 지금이라도 조용히 돌아가면 목숨은 부지할 수 있다."

거한이 말했다.

장개산의 신형이 한순간 깜박거린다 싶더니 퍽! 소리와 함께 거한의 상체가 고꾸라졌다. 하복부에 무르팍이 꽂힌 것이다. 장개산은 한 손으로 거한의 머리끄덩이를 잡아 앞으로 쭉 당기는 한편 그의 어깨를 타고 넘었다. 동시에 질풍처럼 회전하며 선풍각을 펼쳤다.

퍽퍽! 소리가 요란하게 울리는가 싶더니 눈 깜짝할 사이에 세 명의 칼잡이가 바닥에 나동그라졌다. 장개산은 쓰러진 사내들을 뒤로하고 객점 문을 향해 다가간 다음 홧김에 발로 뻥 차버렸다.

객점 안으로 들어서는 순간 장개산은 저도 모르게 흠칫 굳었다. 낡고 허름한 객실의 넓이는 대략 오십여 평, 그리 크지 않은 공간에 무려 백여 명에 달하는 사람이 술과 음식을 먹다 말고 장개산을 노려보았다. 하나같이 얼굴은 왜들 저렇게 험상궂은지, 마치 저자의 주먹패를 죄다 끌어 모아다 잔치라도 벌이는 것 같았다.

'제기랄!'

그 순간 바깥으로부터 거한이 뛰어들었다. 앞서 문 앞에서 장개산을 막아서다 얻어터졌던 그 거한이었다. 거한이 대도를 쭉 뻗어 장개산을 가리키며 소리쳤다.

"마경방(魔鯨幇)에서 보낸 놈이다!"

이건 또 무슨 개풀 뜯어 먹는 소리인가.

그 순간 믿을 수 없는 일이 일어났다.

객점 안에서 술을 마시던 백여 명의 험상궂은 사내가 저마다 탁자 아래에서 칼, 도끼, 낫, 철곤 등속의 병장기들을 꺼내 쥐며 몸을 일으킨 것이다.

"잠깐, 뭔가 오해가 있는 것 같소!"

장개산의 말은 더 이어질 수가 없었다.

첫 번째 공격은 바로 앞 탁자에 앉아 있던 사내로부터 시작되었다. 작은 체구에 팔이 유난히 긴 사내는 원숭이처럼 탁자를 타고 오르며 칼을 휘둘렀다. 민첩하기 짝이 없었다.

장개산은 상체를 급박하게 틀어 칼을 피하는 한편 놈이 딛고 선 탁자를 발로 툭 밀어 버렸다. 탁자가 뒤로 빠지며 사내가 앞으로 고꾸라졌다.

사내의 반격을 막기 위해서라면 등이라도 가격해 고통을 안겨줘야 하지만 그럴 시간이 없었다. 좌방에서 또 다른 놈이 도끼를 휘둘러 왔기 때문이다. 뒤에는 벽, 앞에는 백 명의 적들. 피할 공간이 없다.

장개산은 부지불식간에 적진 한가운데로 벼락처럼 뛰어들었다. 등 뒤로 도끼가 아슬아슬하게 스쳐 가는 것이 느껴졌다. 이어 빙글 돌아서며 좌방에서 칼을 휘둘러 오는 자의 공

격을 피한 다음 우방에서 검을 찔러오는 자의 하복부에 돌주
먹을 꽂아 넣었다.

퍽! 소리와 함께 사내의 상체가 고꾸라졌다. 장개산은 그의
머리채를 쥐고 전방에서 달려드는 적들을 향해 휙 던져 버렸
다. 살벌하게 칼을 휘두르며 달려들던 적 세 명이 주춤거리며
물러났다.

그 틈을 타 장개산은 의자를 번쩍번쩍 집어 들어 적들을 향
해 던지기 시작했다. 적들은 칼로 의자를 쪼개댔다. 음식과
술병이 날아다니고 쪼개진 의자의 파편들이 어지럽게 비산했
다.

오랜 세월 사람들의 궁둥이에 의해 문질러지고 눌러진 의
자의 단단함은 쇠몽둥이 못지않았다. 그걸 던질 때 가해지는
장개산의 용력은 더욱 무시무시한 것이었다.

적들은 쉽사리 접근하지 못하고 닥치는 대로 칼을 휘두르
며 애꿎은 의자들만 박살 냈다. 한데 의자 투척이 통하질 않
는 놈이 있었다.

대도를 든 거한이었다.

장개산에게 단 일격에 패한 복수라도 하려는 듯 거한은 날
아드는 의자들을 뚫고 황소처럼 돌진해 왔다.

파앙!

시원한 파공성과 함께 대도가 장개산의 가슴을 아슬아슬

하게 스쳐 갔다. 급박하게 철판교의 수법을 펼치지 않았다면 그대로 가슴이 쪼개졌으리라. 장개산은 질풍처럼 돌아서며 손에 잡히는 대로 탁자 하나를 집어갔다. 반원을 그리며 거한의 등 뒤로 들어가는 순간 탁자 역시 크게 반원을 그리며 거한의 머리통을 가격해 갔다.

펙! 소리와 탁자가 산산조각 났다.

거한이 장개산을 향해 천천히 돌아섰다. 그러곤 고목이 쓰러지듯 옆으로 쿵 소리를 내며 쓰러졌다. 좌중이 아주 잠깐 침묵 속으로 빠져들었다. 거한이 그렇게 쉽게 쓰러질 줄 몰랐나 보다.

장개산은 이제 탁자를 번쩍 집어 들었다.

대여섯 명이 한꺼번에 둘러앉아 먹는 탁자의 두께는 무려 반 뼘, 거기에 네 개의 다리까지 달렸으니 위력이 배가 될 건 불을 보듯 뻔했다.

그러나 한편으로는 등골이 서늘했다.

이렇게 많은 사람들과 싸우는 건 오늘이 처음이다. 저 많은 사람들을 혼자서 당해낼 수 있을까?

'대체 뭐가 어떻게 된 건지 알 수가 있어야지!'

독이 바짝 오른 적들이 공격을 재개하려는 순간.

"멈춰라!"

말과 함께 사내 하나가 사람들을 헤치고 모습을 드러냈다.

스물예닐곱 살이나 되었을까? 사납게 치솟은 눈썹에 보옥이 요란하게 박힌 패도를 허리에 찼는데 젊은 나이에도 불구하고 전신에서 뿜어져 나오는 기도가 예사롭지 않았다. 장개산은 직감적으로 그가 두령이라는 것을 알아차렸다.

"어디서 온 누구인가?"

"제종산문 십칠대 제자 장개산이오."

"제종산문? 그런 곳도 있었나?"

"광동성 청옥산에 있소."

대화가 뭔가 어긋나고 있다고 생각했는지 사내가 고개를 갸웃했다.

그가 다시 물었다.

"내가 누군지 알고 있나?"

"당신이 누군지 내가 어떻게 아오?"

"마경방에서 보낸 정탐꾼이 아니었나?"

"마경방은 또 뭐요?"

사내가 또다시 고개를 갸웃했다.

사실 정탐꾼이었다면 이렇게 대놓고 쳐들어온다는 게 말이 안 되긴 했다. 그때 문 앞에서 장개산에게 얻어터졌던 자들 중 하나가 사내에게 다가가 귓속말을 전했다. 설명을 모두 들은 사내가 다시 장개산을 보며 물었다.

"계도상을 찾는다고?"

"그렇소."

"무슨 일인지 모르지만 오늘은 그냥 돌아가라. 내가 지금 좀 바빠서 시비를 따지지 않는 것만으로도 다행이라 여기고."

"대체 누군데 내 일을 방해하는 거요? 당신도 계도상과 한 패요?"

장개산은 사뭇 도발적으로 물었다.

장개산은 몰랐지만 항주에는 네 개의 대표적인 흑도방파가 있다. 그들은 각각 마경방(魔鯨幇), 통천방(通天幇), 육도방(肉屠幇), 적호방(赤虎幇)이라 불리며 항주를 사등분하여 관리한다.

그중 이곳 호해교동을 중심으로 한 항주의 서쪽 유흥가를 장악한 곳이 통천방이었다. 사내는 통천방의 사대호법 중 한 명인 냉혼일섬(冷魂一閃) 사일기라는 자로 오늘 밤 마경방을 칠지도 모르겠다는 방주의 명을 듣고 평소에 소굴처럼 사용하던 망구객점에서 수하들과 술을 마시며 대기하던 중이었다.

한데 난데없이 누군가 경계를 뚫고 뛰어들었으니 병력과 무장 상태를 정탐하러 온 간자라고 오인할밖에.

"계도상은 왜 찾는 건가?"

사일기가 싱긋 웃으며 말했다.

"떼인 돈 받으러 왔소."

"아무렴, 떼인 돈은 받아야지. 제법 기백이 있군. 한데 말일세. 항주에서는 내 것을 지키려면 그만한 힘이 있어야 한다네. 그리고 계도상에게는 친구가 아주 많지."

말인즉슨 자신들 모두를 넘기 전에는 계도상을 내어줄 수 없다는 것이다. 계도상과 어떤 식으로든 관계가 있음을 시인하는 말이었다.

장개산은 갈등했다.

청옥산을 나올 때 강호인들과 손속을 나누어도 쉬이 지지 않을 자신이 어느 정도는 있었다. 그러나 이토록 많은 적과 혼자서 싸우는 상황은 고려해 본 적이 없다.

게다가 몇몇 사람의 칼질은 모골이 송연할 정도로 날카로웠다. 그중 하나라도 맞는다면 곧장 상황이 역전되어 개죽음을 당하게 될 것이다. 하물며 저 예사롭지 않은 기도의 두령까지 칼을 뽑아 들고 가세한다면······.

솔직히 무서웠다.

그러나 사부가 뼈 빠지게 번 돈을 그냥 날려 버리는 건 죽기보다 싫었다.

'에따, 모르겠다.'

장개산은 근처에 있던 기둥의 밑동을 발등으로 후려쳤다. 펑! 소리와 함께 밑동이 뚝 부러지고 윗동이 쑥 빠졌다. 기둥이 받치고 있던 천장 일부분이 푹 꺼지며 한차례 먼지가 쏟아져 내렸다. 장개산은 비스듬히 쓰러진 기둥을 뽑아 어깨에 척 걸머지고는 좌중을 쓸어보며 말했다.

"누가 계도상의 친구라고?"

사람들은 장개산과 기둥을 번갈아 보며 아연실색했다. 별로 힘을 준 것 같지도 않은데 기둥을 뚝 부러뜨리는 용력도 용력이려니와 장개산의 배짱이 예사롭지 않은 탓이다.

사일기는 침잠한 표정으로 한동안 장개산을 응시하더니 허리춤에 맨 패도로 손을 가져갔다. 기어이 칼을 뽑으려는 것이다. 그러자 지금까지의 차분한 기도는 온데간데없고 한 마리 사나운 야수가 그 자리에 서 있었다.

그때, 객실 한쪽 계단으로부터 한 사람이 조르르 달려 나왔다. 계도상이었다. 그는 사일기를 향해 가볍게 인사를 하고는 말했다.

"어르신께서 들여 보내라십니다."

"집기들이 많이 파손되었네. 우리 아이들이 그런 건 아니지만."

"개의치 말라고 하셨습니다."

사일기는 장개산을 힐끗 돌아보며 잠깐 망설이는 듯하더니 반쯤 뽑았던 칼을 다시 칼집에 넣고는 말했다.

"주인장께서 괜찮으시다면야."

사일기는 조용히 자리로 돌아갔다.

사일기가 돌아가자 그의 수하들은 언제 싸움이 벌어졌느냐는 듯 각자의 자리로 돌아가 와자지껄하게 떠들면서 술을 마셨다.

그런 광경이 장개산에겐 앞서의 싸움보다 더 괴이하게 느껴졌다. 어떻게 저렇게 썰물처럼 빠질 수가 있을까.

"따라오시오."

계도상이 장개산을 돌아보며 짜증 나 죽겠다는 얼굴로 말했다.

*　　　*　　　*

집법당에 변고가 생겼다는 소식을 듣고 달려온 조길창은 눈앞에서 벌어진 상황을 쉽사리 이해하지 못했다.

그가 첫 번째로 본 것은 뇌옥 안에 갇힌 여섯 명의 수하가 구부러진 철봉을 양쪽에서 나눠 잡고 끙끙대는 모습이었다.

"놈이 탈옥을 했습니다."

앞서 도착해 강철 지렛대로 구부러진 철봉을 펴고 있던 수하가 말했다. 조길창은 그제야 장개산의 부재를 알아차렸다. 더불어 이 모든 게 놈의 소행이라는 것도.

그래서 이해를 하지 못했던 것이다.

어떻게 뇌옥을 탈출했으며, 어떻게 저놈들을 모두 가두었는가.

다른 건 다 제쳐 두고서라도 철봉을 철삿줄처럼 사용해 쇠창살을 묶어버리는 건 아무리 생각해도 인간의 용력으로 할 수 있는 일이 아니다.

그때 누군가 새파란 얼굴로 집법당에 나타났다.

빙소소였다.

조길창을 발견한 그녀는 서둘러 포권지례를 올리고 물었다.

"그가 탈옥을 했다는 게 사실인가요?"

"보시다시피."

뇌옥을 둘러보던 빙소소는 아연실색했다. 천검문의 소공자 설강도를 비롯해 집법당의 무사 여섯이 뇌옥 안에 갇혀 구부러진 철봉을 펴느라 끙끙대고 있었다.

빙소소는 한눈에 장개산의 짓임을 알아보았다. 이미 한 손으로 배를 잡아당기던 그의 용력을 견식한 바, 지금 이 순간 이곳에서 철봉으로 쇠창살을 묶어버릴 사람은 그밖에 없었다. 빙소소가 이해할 수는 없는 건 그가 왜 이런 짓을 했느냐는 거다. 도대체 왜?

"저희 아버님께서 서찰을 보내셨나요?"

"그러셨네."

"추천서가 아니었군요."

"공평무사하게 처리하라시더군."

빙소소는 입술을 잘끈 깨물었다.

그를 돕고자 한 일이 오히려 그로 하여금 북검맹의 무사가 되는 걸 포기하게 만들어 버린 것 같았다.

"그에 대해 얼마나 아시는가?"

"무슨 말씀이신지요?"

"그가 익힌 무공의 내력이나 수위 같은 것들 말일세."

"저도 모르겠습니다. 다만 한 가지, 배를 타고 이강을 건널 적에 선장이 하는 말을 들었는데, 제가 흑수당에 잡혀간 사이 그가 돛대를 맨손으로 뽑아 배를 부렸다고 하더군요."

"……!"

조길창은 눈매를 좁혔다.

무언가 고민에 휩싸일 때면 늘 하는 버릇이었다. 사실 낮에 입맹관에서 놈의 등허리에 선풍각을 꽂아 넣던 순간 조길창은 괴이한 경험을 했다.

타격의 순간, 자신의 발끝으로 전해오던 강맹한 반탄력 때문이다. 당시 놈은 무방비 상태였다. 다시 말해 자신의 등허리에 선풍각이 꽂히는 걸 알아차리지 못했다.

호신강기(護身罡氣)였을까?

내공이 일 갑자에 이르면 위기를 느끼는 순간 몸 곳곳에 퍼져 있던 기운이 한곳으로 집중하며 자신도 모르게 호신강기가 발현되는 수가 있기는 하다. 그러나 일 갑자의 내공을 익혔다고 하기에 놈은 지나치게 젊지 않은가.

동년배 중에 남궁휘가 일 갑자 내공을 지녔다고 하지만, 여섯 살에 세수벌모(洗髓伐毛)를 하고 수많은 영약과 가문의 비전 심법으로 단련해 온 남궁휘와 이름조차 낯선 제종산문의 제자를 같은 선상에 놓고 비교할 순 없었다.

남궁휘는 말만 후기지수일 뿐, 이미 일문의 문주들과도 어깨를 나란히 할 정도의 일류고수였다.

놈이 내가고수인지, 아니면 무림사에 유례가 없는 괴이한 절공을 익혔는지는 알 수 없다. 분명한 건 조길창으로서는 한 번도 보지 못한 강철 같은 육체와 용력의 소유자라는 것이다.

거기에 금나수가 있었다.

놀랍게도 놈은 자신의 소맷자락 속에 있던 포검문주의 서찰마저 빼 갔다. 딱히 중요한 문서가 아니기에 분실을 해도 크게 문제될 건 없었지만, 놈이 그걸 무슨 용도로 쓰려는 건지 도무지 알 수가 없다는 게 조길창의 또 다른 고민이었다.

'복이 될 놈인지 화가 될 놈인지 알 수가 없구나.'

그때까지도 수하들은 쇠창살을 묶은 철봉을 펴느라 끙끙대고 있었다.

"비켜라!"

조길창의 한마디에 철봉에 달라붙어 있던 수하들이 우르르 물러났다. 쇠창살문 앞에 선 조길창은 보폭을 어깨너비로 벌렸다.

스르릉!

애병 단혼을 뽑아 머리 위로 치켜든 조길창의 두 눈에 한순간 불똥이 맺혔다.

타앙!

번쩍이는 섬광이 쇠창살문을 가르고 지나가는 순간 맹렬한 금속성과 함께 철봉이 싹둑 잘려 나갔다.

빙소소의 두 눈이 휘둥그레졌다.

제아무리 보도라고 할지라도 장대 굵기의 철봉을 자르는 건 아무나 할 수 있는 게 아니었다. 더구나 조길창의 손에 들린 저 단혼도는 단지 그와 오랜 세월 함께했다는 것 외에는 별다를 것이 없는 철검에 불과했다. 이는 순전히 조길창의 도법이 고명한 탓이다.

'맹 내에서도 열 손가락 안에 드는 도법의 달인이라더니 과연……!'

빙소소가 상념에 빠져 있는 사이 뇌옥 안에 갇힌 집법당의 무사들이 우르르 나왔다. 그중에 설강도도 있었다. 조길창이 설강도에게 물었다.

"어떻게 된 일이냐?"

"예?"

"내일이면 천검문으로부터 전서가 도착할 것이다. 그럼에
도 불구하고 놈이 탈옥을 한 데에는 이유가 있을 터, 그게 무
엇인지 아느냐고 묻는 것이다."

"글쎄요."

설강도는 말을 최대한 아꼈다.

사실대로 말을 하자니 자신이 죽을 판이고, 거짓말을 하자
니 놈이 죽을 판이다. 놈과 자신 둘 중의 하나가 죽어야 한다
면 당연히 놈이 죽어야겠지만, 그래도 일단은 시간을 좀 끌어
주고 싶었다.

"그는 네가 자신의 무고함을 밝혀줄 것이라고 했었다. 그
건 네가 무언가를 알고 있다는 뜻이 아니더냐?"

설강도는 깜짝 놀랐다.

흘려들으신 줄 알았는데 이렇게 생생하게 기억하고 계실
줄이야. 한순간 설강도는 거짓말을 해서라도 일단 시간을 좀
벌어볼까 생각했다. 하지만 내일 당장 전서구가 도착한다는
말을 듣고 고민에 빠졌다.

오늘을 넘기기 위해 거짓말을 하게 되면 내일 두 배로 고초
를 당해야 한다. 그럴 바에야 차라리 지금이라도 솔직히 털어
놓고 시원하게 맞는 게 낫다. 최소한 오늘 밤부터는 두 발 뻗
고 잘 수 있지 않은가.

그러나 정작 입에서 나오는 말은.

"글쎄요."

조길창은 실눈을 뜨고 설강도를 노려보았다.

수년 동안 녀석을 가르쳤다. 사부가 어찌 제자를 모르겠는가. 녀석은 분명 무언가를 숨기고 있었다. 그때 집법당 문이 벌컥 열리면서 무사 하나가 뛰어들었다. 그가 황급히 보고를 했다.

"산발에 넝마를 걸친 근육 덩어리가 봉사처럼 눈을 감고 호해교동을 돌아다니는 걸 봤다는 사람이 있습니다. 아무래도 놈인 듯합니다."

"눈을 감고 호해교동을 돌아다닌다고?"

"연유는 알 수 없으나 분명 그랬다고 합니다. 서둘러 추격하면 잡을 수 있을 겁니다."

이건 또 무슨 소린가.

포검문주의 서찰을 훔치고, 철봉으로 쇠창살을 묶더니 이제는 한밤중에 눈을 감고 호해교동을 돌아다닌단다.

뭐 이런 낮도깨비 같은 놈이 다 있나.

조길창이 설강도를 돌아보며 말했다.

"네 얘긴 놈을 잡은 연후에 듣기로 하겠다."

설강도는 속으로 안도의 한숨을 쉬었다.

조길창이 다시 집법당의 수하들을 돌아보며 말했다.

"지금 즉시 집법당의 무력을 총동원해 호해교동을 뒤진다. 병기를 사용하는 걸 허락한다. 단, 배후를 캐야 하니 반드시 생포할 것!'

"창룡전에 지원을 요청할까요?'

수하 중 한 명이 물었다.

"허락한다. 나머지는 나를 따른다."

말과 함께 조길창은 수하들을 이끌고 집법당을 빠져나갔다. 빙소소가 그 뒤를 따랐다. 후다닥 사라지는 사람들을 보며 설강도는 생각에 잠겼다.

'사부께서 놈을 먼저 만나면 안 되는데, 이를 어쩐다.'

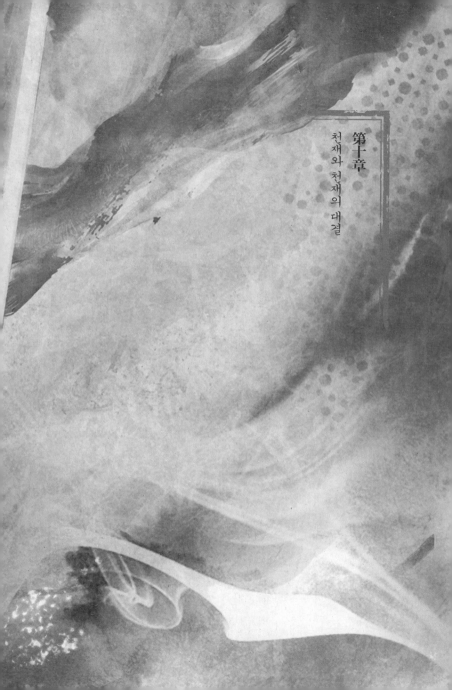

第十章

천재와 천재의 대결

계도상을 따라 이 층으로 올라가자 여러 개의 문을 좌우에 거느린 좁은 회랑이 나타났다. 계도상은 회랑의 끝에 있는 작은 문을 열었다.

그 방 안에 노인이 있었다.

그윽한 먹향과 벽면 가득히 쌓여 있는 서책들, 낮에 보았던 광경 그대로였다. 다른 것이 있다면 정체 모를 한기와 낮에는 없었던 사내의 존재였다.

호리호리한 체격에 암록의 장포를 입은 사내는 깊게 눌러 쓴 죽립으로 말미암아 얼굴을 볼 수는 없었다.

다만 가늘고 기다란 협봉검 한 자루를 허리에 비스듬히 차고 있어 그가 검사라는 걸 짐작케 했다. 방 안에 들어서는 순간 느껴지던 한기는 바로 저 죽립인으로부터 뿜어져 나오는 것이었다.

"앉게."

노인이 말했다.

장개산은 당연히 그럴 생각이었다는 듯 의자를 빼고 앉았다. 계도상을 곁에 세워둔 상태에서 노인과 죽립인, 그리고 장개산이 탁자를 중심으로 둘러앉은 모양새가 되었다.

"낮에 있었던 얘기는 들었네."

노인이 말했다.

"덕분에 일이 엉망진창으로 꼬였습니다."

"그랬다더군."

"일이 틀어졌으니 돈을 돌려받아야겠습니다."

"그러지."

말과 함께 노인이 서랍에서 동전 꾸러미를 꺼내 장개산의 앞으로 밀어 놓았다. 한바탕 드잡이질을 각오하고 왔던 장개산은 조금 당황했다.

이렇게 순순히 내어 줄 줄이야.

장개산은 동전 꾸러미를 집어 들어 하나씩 세어 보았다. 똑 떨어지는 이백오십 냥이었다.

"집기를 파손한 건 죄송하게 됐습니다. 하지만 저 친구가 빨리 나타나지 않은 탓도 있으니 저도 북검맹에 노인장을 고변을 하지 않은 걸로 셈을 하지요."

"고변을 하면 자네가 간자라는 누명은 벗을 수 있을 터인데?"

"북검맹이 원하는 건 맹을 염탐하려는 불순세력입니다. 하지만 제가 보기에 노인장은 그냥 위조범입니다."

"어찌하여?"

"저와 노인장은 오늘 아침에 처음 만난 사이이고, 저는 간자가 아니니 당연히 노인장께서도 불순한 세력일 수가 없는 게지요."

"그렇다고 해도 자네가 내 사정까지 봐줄 이유는 없지 않은가. 하물며 곤경에 처한 처지이고 보면……"

"누구에게나 밥벌이는 신성한 것이라고 생각합니다. 노인장께서 하시는 일이 썩 훌륭하다고 할 수는 없지만, 나 살자고 남의 밥그릇을 함부로 찰 수야 있나요. 따지고 보면 공범인 처지에 제가 할 일도 아니고요."

이어 장개산은 꾸러미를 풀어 정확히 오십 냥을 센 다음 도로 노인의 앞으로 밀어 놓으면서 말을 이었다.

"천검문주의 추천서를 고집한 제 책임도 있고 하니 이건 돌려 드리겠습니다."

"하!"

옆에 시립해 있던 계도상은 헛바람을 토해냈다. 이백오십 냥을 하나하나 세어 보는 것도 마땅치 않는데, 돈 오십 냥이 뭐라고 그걸 또 돌려주는 것을 보고 있자니 기가 막혀 말이 나오지 않았다.

"계산이 분명하군."

노인의 입가에 살짝 미소가 걸렸다.

잠깐 본 사이지만 노인이 웃는 건 처음이었다. 더 이상한 반응은 계도상과 죽립인이었다. 계도상은 별 희한한 일을 다 본다는 표정으로 노인을 응시했고, 죽립인은 겉으로 드러나진 않았지만 분명 당황해하고 있었다.

"이제 어디로 갈 셈인가?"

노인이 물었다.

"이제부터 생각해 봐야죠."

장개산이 말했다.

그건 별로 걱정을 하지 않았다. 설강도 그 개자식이 위조추천서를 써주는 바람에 사부의 염원을 들어드리지 못한 것이 안타깝기는 하지만, 그렇다고 세상이 이렇게 넓은 데 갈 만한 곳이 없으랴.

아쉬운 대로 사천과 운남 일대에서 대단한 영향력을 행사한다는 남악련의 문을 두드려 보는 것도 한 가지 방법이다.

"다른 문파의 그늘로 들어가는 건 어려울 걸세."

"무슨 뜻입니까?"

"이 밤에 들이닥친 걸 보면 필시 탈옥을 한 것일 테지? 그 바람에 북검맹은 자네가 불순한 목적으로 침투하려던 간자라는 것에 더욱 비중을 둘 것이네. 이제부터 북검맹의 추격이 시작될 걸세. 사안이 무겁지 않은 데다 자네 한 명을 잡자고 전력을 쏟을 수는 없으니 곧 잠잠해지긴 하겠지. 하지만 수배령만큼은 거둬지지 않을 걸세. 북검맹에서 요주의 인물로 지목한 자를 받아줄 문파는 그리 많지 않다네."

"저는 잘못한 게 없습니다."

"세상엔 원래 억울한 일이 절반이라네."

"이해할 수가 없군요. 순순히 잡혀줄 생각도 없지만, 대저 북검맹이 무슨 권리로 저를 잡아다 문초를 한다는 겁니까? 아닌 말로 북검맹이 관아도 아니지 않습니까?"

"세상사가 모두 관아의 통치 아래 공평무사하게만 해결된다면 이 땅에 무림이라는 것도 생겨나지 않았겠지. 무림엔 무림의 법도라는 게 있다네. 내가 입은 피해는 내가 직접 돌려준다. 바로 사적인 무력행사를 통한 은원과 분쟁의 해결이지. 무림인으로 살려면 그걸 인정하는 게 속 편할 걸세."

장개산은 침묵했다.

노인의 말이 너무나 인상적이었기 때문이다.

이제야 북검맹이 그토록 당당하게 자신을 잡아 가두려 했던 이유를 어렴풋이나마 이해할 수 있을 것 같았다. 더불어 자신과 무림인들의 인식차가 얼마나 컸었는지도. 그걸 알고 나니 비로소 무림이라는 세상에 한 발을 들여놓은 듯한 느낌이 들었다.

하지만…….

"그 말은 저 역시 같은 방법으로 저항할 권리가 있다는 뜻이 되겠지요? 그렇다면야 굳이 억울할 것도 없군요."

장개산은 어금니를 꽉 깨물었다.

한순간 노인의 눈동자가 반짝였다.

"한 수 배웠습니다."

장개산은 포권을 쥐어 보인 후 조용히 일어났다.

그때 노인이 말했다.

"난 하상도라고 하네."

장개산이 걸음을 옮기려다 말고 노인을 돌아보았다.

"항주의 친구들은 한때 나를 도백(賭伯)이라 불렀지."

도백, 도박의 신이라는 뜻이다. 정확하게는 도박을 업으로 삼는 도곤(賭鼠)들 중에서도 상좌를 차지하는 우두머리를 말한다. 다른 곳도 아니고 천하의 내로라하는 도곤들이 모두 모이는 항주에서 도백으로 불렸을 정도이니 그가 도박에 바친 세월이 얼마인지 짐작할 수 있었다.

그러나 장개산은 한때 그렇게 불렸다는 말에 주목했다. 그렇다면 지금은 손을 씻고 다른 삶을 산다는 말인가?

'망구객점이라는 이름이 그래서⋯⋯.'

"제게 하실 말씀이라도 있으신지요?"

"난 지금까지 수중에 들어온 돈을 빼앗겨 본 적이 없다네. 그건 내 체면을 상하는 일이거니와 신조에도 크게 어긋나는 일이지. 해서 지금부터 자네에게 돌려준 이백 냥을 다시 회수할 생각이네. 내가 어떻게 회수하려는지 한번 들어보겠나?"

"⋯⋯!"

장개산은 침잠한 눈으로 하 노인을 바라보았다. 어쩐지 돈을 쉽게 돌려주더라니 다 이유가 있었던 것이다.

하지만 분위기로 보아 강제로 빼앗으려는 건 아니다. 이백 냥에 칼부림까지 할 사람 같지도 않았다. 도백으로 불릴 정도라면 뭔가 조금 다른 방식이어야 하지 않겠는가.

그때 하 노인이 서랍 속에서 낡은 서책 한 권을 꺼내 탁자위에 올려놓았다. 얼마나 만지고 넘겼는지 금방이라도 찢어질 것처럼 너덜너덜한 표지에는 호방한 필체로 일곱 글자가 씌어 있었다.

차시환혼대술서(借屍還魂大述書).

차시환혼(借屍還魂), 다른 시체를 빌려 영혼이 다시 살아난다는 뜻이다. 물론 실제로는 가능한 일이 아니다. 다만 동원할 수 있는 모든 것을 이용해 목적한 바를 이루라는 뜻의 비유적 표현으로 병서의 한 구절이다.

거기에 대술서라는 말이 붙었으니 수단과 방법을 가리지 않고 목적한 바를 달성하는 재주를 집대성한 책쯤 되려나?

한데 무엇을 목적으로 하고, 무슨 재주를 말하는 건지 도통 알 수가 없었다. 장개산은 몰랐지만 계도상은 아는 듯했다. 그의 두 눈이 갑자기 튀어나올 듯 커졌기 때문이다.

"이게 뭡니까?"

장개산이 물었다.

"양각노호(兩脚老狐)라는 별호로 불린 늙은 도적이 있었지. 양각호는 두 다리를 가진 여우, 다시 말해 사람의 탈을 쓴 여우라는 뜻인데 거기에 늙기까지 했으니 얼마나 신출귀몰했겠나."

"……?"

"유례없는 대흉이 들어 수백만 명이 굶어 죽던 어느 해인가는 내부의 권력 싸움에만 정신이 팔려 정사를 돌보지 않는 황제의 처소에 숨어 들어가 '백성이 없으면 황제도 없다' 라는 글귀를 남겨두고는 황제가 쓰던 금관을 훔쳐 나왔다네. 그러곤 대담하게도 황소 다섯 마리를 사서 순천부(順天府) 일대를 떠도는 걸인들과 사흘 동안 잔치를 벌인 기인이었지."

장개산은 깜짝 놀랐다.

만약 그가 금관이 아니라 황제의 목을 훔쳤다면 어떻게 되었을까? 이는 일국의 역사가 바뀔 뻔한 어마어마한 사건이다.

보나 마나 황궁이 발칵 뒤집혔으리라. 장개산은 이름 모를 전대 기인의 호방한 무림행에 큰 감명을 받았다. 더불어 무림이라는 세계가 얼마나 광활한 곳인지도 어렴풋이나마 짐작할 수 있었다.

"놀라운 사람이군요."

"놀랍다마다. 천하의 모든 금고가 다 자신의 것이라고 큰소리를 치던 호방한 인물이었지. 더 환장하겠는 건 그의 진짜 얼굴을 본 사람이 아무도 없다는 걸세. 한데 어느 날 그가 나를 찾아왔더군. 물론 나는 그를 알아보지 못했네. 스스로 '내가 두 다리 달린 늙은 여우다. 네놈이 도곤의 왕이라는 자더냐?' 라고 묻기에 비로소 상대가 누구인지 알았지."

"그래서요?"

하 노인의 말에 흥미를 느낀 장개산은 자신도 모르는 사이에 다시 의자를 빼고 앉았다. 모든 필체를 똑같이 모사하는 천재와 천하의 무엇이든 훔칠 수 있는 천재의 조우에 대한 이야기를 어찌 놓칠 수 있겠는가.

"내기를 하자더군. 내가 한 가지 물건을 말하면 자신이 그걸 훔쳐다 주겠다고. 내가 이기면 내가 원하는 것 하나를 그가 들어주고, 그가 이기면 그가 원하는 것 하나를 내가 들어주는 조건이었네."

"그래서 어떻게 되었습니까?"

"도박은 확률의 싸움일세. 상대의 기세, 실력, 상황을 모두 고려한 끝에 보다 이익이 큰 쪽으로 승부수를 던지는 것이지. 한데 이번 내기는 내가 지더라도 크게 손해 볼 것이 없을 것 같았네. 그가 무엇을 원할지는 모르지만 최소한 그가 훔쳐온 물건은 내 것이 될 테니까."

"과연 그렇군요."

"하지만 난 왠지 이번 내기에서는 득실을 따지고 싶지 않았네. 그를 한 번 이겨보고 싶었거든."

장개산은 저도 모르게 고개를 끄덕였다.

그건 두 천재의 자존심을 건 싸움이었다. 그런 대결에 어찌 이해득실을 따질 것인가. 하 노인의 그릇이 그게 아님을 알기에 양각노호라는 노인도 찾아왔을 것이다.

"그래서 나는 그가 절대로 훔칠 수 없는 물건 한 가지를 말했지."

"그게 무엇입니까?"

"유성검 이병학의 애병 불망검(不忘劍)."

"유성검 이병학이라면……?"

"그렇네. 바로 현 북검맹의 맹주지. 물론 그때는 천하를 떠돌며 사마외도들을 척결한 일로 무림인들의 존경을 한 몸에 받는 대협사의 신분이었지만 말일세."

"그래서 어떻게 되었습니까?"

"한 달 후 그가 다시 나타났네. 한 손에는 거무튀튀한 철검 한 자루가 들려 있었지. 틀림없는 불망검이었네."

장개산은 깜짝 놀랐다.

계도상과 얼굴은 보이지 않지만 죽립인 역시 적잖게 당황하는 눈치였다. 양각노호가 아무리 신출귀몰하다 한들 천하 삼검 중 한 명의 애병을 훔칠 수 있을 거라고는 상상도 못한 탓이다. 한데 더욱 놀랄 말이 하노인의 입에서 흘러나왔다.

"하지만 내기는 내가 이겼지."

"어떻게……!"

"그는 불망검을 내게 보여준 후 다시 유성검에게 돌려줘야 한다며 돌아갔네. 훔치긴 훔쳤으되 내게 주지는 못했으니 내기는 내가 이긴 셈이었지. 처음부터 내게 주는 것이 조건이었으니까."

"왜 돌려주려 한 거죠?"

"불망검에는 얽힌 사연이 하나 있다네. 가난한 무사였던 시절 이병학은 역시나 가난했지만 마음만큼은 누구보다 따뜻

했던 한 여인을 사랑했지. 그녀는 무관이 되어 돌아오겠다며 먼 길을 떠나는 청년 이병학에게 머리카락을 잘라 판 돈으로 철검 한 자루를 맞춰 주었네. 좋은 철검이 나오길 바라는 마음에 사흘 동안이나 대장장이 곁을 지키며 풀무질을 도왔다고 하더군."

원(元)이 멸망하고 북방 기마민족들이 물러가면서 황실은 호족 계통의 성씨(姓氏)와 호어(胡語)를 쓰는 걸 엄격하게 금했다. 이와 더불어 규방에선 말총이나 금 은사를 섞어 만든 가발이 크게 유행했는데, 덕분에 젊은 여자의 부드럽고 윤기 나는 머리카락은 부르는 게 값일 정도로 비쌌다.

정인에게 칼 한 자루를 만들어 주기 위해 그처럼 정성을 들였다는 여인의 이야기에 장개산과 계도상은 저도 모르게 숙연해졌다. 좌중이 숨죽인 듯 고요한 가운데 하 노인의 말이 이어졌다.

"이병학은 마침내 황실의 무관이 되어 돌아왔네. 하지만 여자는 이미 죽고 없었지."

"······!"

"이병학이 도착하기 한 달 전 우연히 마을을 지나가던 사파의 잡졸 하나가 여자의 미색에 반해 그만 못된 짓을 저질렀네. 여자는 이병학의 성정을 아는 바, 그가 자신을 절대로 내치지 않을 거라는 걸 알았지. 하지만 이미 몸을 더럽힌 자신이 황실무관의 정실이 되면 장차 이병학의 명성에 크게 흠이 될 것을 알고 자결을 택한 것이라네."

"저런 찢어 죽일 놈들 같으니라고!"

계도상이 불쑥 끼어들었다.

사람들의 시선이 한순간 자신에게 쏠리자 계도상은 뒤늦게 실태를 깨닫고 조용히 고개를 숙였다.

"이후 이병학은 황실무관 자리를 박차고 나와 천하를 떠돌며 사마외도들을 척결하는 데 한평생을 보냈네. 여자가 마지막으로 준 불망검을 들고 말일세. 그게 그가 그토록 사마외도들을 증오하는 이유지."

이병학에게 그런 가슴 아픈 사연이 있을 줄이야. 장개산은 가슴 한쪽이 파도에 쓸려가는 것처럼 허허로웠다. 더불어 이병학의 검에 왜 불망(不忘)이라는 이름이 붙었는지도 알 것 같았다.

정인이 훌륭한 무관이 되길 바랐던 여자의 염원을, 그녀를, 그 아름다운 시절을 이병학은 검을 볼 때마다 잊을 수가 없었던 것이다.

"양각노호는 그 사연을 알고 돌려준 것입니까? 그렇다면 제법 양심이 있는 도둑이군요."

"천만에, 도둑놈이 양심이 있으면 진정한 도둑이라 할 수 없지. 이따금 협객행을 하긴 했지만 양각노호를 두고 협의지 사라고 하기에는 좀 그렇지. 다만 양각노호에게는 또 양각노호대로 사정이 있었다네. 그가 바로 죽은 여인의 오라비였거든. 이병학과는 처남 매제가 될 뻔한 사이였지."

"아……!"

"아……!"

장개산과 계도상의 입에서 동시에 터져 나온 신음이었다. 이번에도 얼굴은 보이지 않지만 죽립인 역시 나직하게 한숨을 쉬는 걸 장개산은 놓치지 않았다.

자신의 여동생을 평생 잊지 못하고 사는 이병학, 그런 이병학에게 자신의 여동생이나 다름없는 불망검을 차마 훔칠 수 없었던, 하지만 천재로서의 자존심 때문에 훔치고도 결국은 돌려줄 수밖에 없었던 양각노호의 사정이 너무나 딱했다.

하 노인은 양각노호와 이병학에 얽힌 사연을 알고 불망검을 지정해 주었던 것이다. 얼굴을 아는 이가 한 명도 없다는 양각노호의 사연을 어떻게 알았는지 알 수는 없지만 확실히 처음부터 이길 수밖에 없는 내기였다.

그러다 문득 장개산은 하 노인에 대한 적개심이 생겼다. 그걸 알면서도 불망검을 지정해 준 것이 왠지 비겁하고 사내답지 못하게 느껴졌기 때문이다.

"그래서 그에게 무얼 원했습니까?"

장개산이 물었다.

목소리가 뾰족했다.

"얼굴을 한번 보여 달라고 했지."

"……!"

겨우 그것?

천하의 금고가 모두 자신의 것이라고 큰 소리를 떵떵치는 도적이니 평생 먹고 살 금은보화를 달라 할 줄 알았더니 겨우 그것? 장개산은 하 노인이 비겁하다고 했던 좀 전의 생각을 얼른 정정했다.

'이 노인네도 제법 멋진걸.'

"그래서요?"

"한참이나 날 물끄러미 바라보더니 호탕하게 웃더군. 그 순간 딱히 무슨 행동을 한 것도 아닌데 그의 얼굴이 변검술(變瞼術)처럼 갑자기 십여 개의 모습으로 빠르게 바뀌는 거야. 그중에 하나 진짜 얼굴이 있다는 걸 알 수 있었지만 어느 것이 진짜인지는 끝내 밝혀내지 못했네. 그의 얼굴은 보았으되 누가 그인지는 알 수 없는 괴이한 상황에 처해 버린 셈이지."

장개산은 입이 쩍 벌어졌다.

정말 놀랍기 짝이 없는 한 수가 아닌가.

약속은 지키되 지지는 않았다. 양각노호는 하 노인이 자신에게 골탕을 먹인 수법 그대로 돌려준 것이다. 두 천재의 대결을 모두 들은 장개산은 감탄사가 절로 나왔다.

"그리고 그가 떠난 자리에 바로 저 물건이 있었네. 숱한 기행과 도행으로 세상을 떠들썩하게 만들었으면서도 단 한 번도 종적을 남기지 않은 신비한 인물 양각노호의 평생절학이 담긴 비급이지."

차시환혼대술서를 두고 하는 말이다.

얼굴을 보여주겠다는 약속을 지켰음에도 불구하고 양각노호는 왜 자신의 비기가 적힌 비급을 놓고 갔을까.

하노인의 호방함에 반한 것이 틀림없었다. 이 역시 한 분야에 정통한 천재들끼리만 통하는 어떤 교감 같은 것이 아니었을까?

"한데 이걸 왜 제게 보여주시는 겁니까?"

"쫓기고 있는 자네에게 가장 유용한 물건이지. 이것만 수련하면 북검맹은 물론이거니와 평생 누구에게도 추격을 받을 일은 없을 걸세."

"제게… 주시겠단 말씀이십니까?"

"그렇네."

"……!"

장개산의 눈빛이 착 가라앉았다.

하 노인의 말처럼 이것만 있으면 평생 북검맹의 추격 따윈 무시하고 살 수가 있을 것이다. 손도 대지 않고 얼굴을 바꾼다고 하지 않나. 마음만 먹으면 신분을 바꾸고 다른 세력의 무사로 들어가는 것도 가능할 것 같았다.

하 노인은 저 비급을 주는 대신 이백 냥을 달라고 할 것이다. 장개산은 자신에게서 이백 냥을 도로 빼앗겠다고 한 하 노인의 말이 허언이 아님을 깨달았다. 확실히 솔깃한 제안이었다.

하지만 단지 그것뿐일까?

하 노인의 말대로라면 이 비급은 가치를 따질 수 없는 귀한 보물이다. 이걸 잘 알지도 못하는 자신에게 단 돈 이백 냥에 줄 리가 없지 않은가.

가짜가 아니라면 말이다.

장개산은 가자미눈을 뜨고 말했다.

"양각노호와의 대결 이야기는 정말 감동적이었습니다. 하마터면 깜빡 속을 정도로 말입니다."

"무슨 뜻인가?"

"이번엔 위조 비급입니까? 노인장의 귀신같은 솜씨를 이 두 눈으로 본 게 불과 반나절 전이거늘, 그렇게 정성 들여 이야기를 지어내면 제가 또 속을 거라고 생각하셨습니까? 저를 너무 만만하게 보시는군요."

"내가 언제 자네를 속인 적 있나? 난 분명 위조추천서라고 말을 해주었네. 더불어 천검문주는 너무 유명한 인물인지라 필적을 알아보는 이가 있을지 모르니 다른 사람의 것으로 하라는 충고까지 해준 걸로 기억하네만."

"……!"

"믿고 안 믿고는 자네가 판단하게."

"그게 아니라면 이런 보물을 단돈 이백 냥에 제게 주실 리가 없지 않습니까?"

"덩치에 어울리지 않게 성정이 급하군. 난 이걸 이백 냥에 주겠다고 한 적이 없네. 자네 말대로 사기를 칠 생각이었다면 더더욱 그래선 안 되겠지. 자네야말로 내가 그렇게 허술한 인간으로 보이는 겐가?"

"……"

장개산은 입술에 침을 발랐다.

다른 건 몰라도 겨우 이백 냥을 받아내기 위해 그런 엄청난 얘기를 지어냈다는 건 확실히 자신이 생각해도 사리에 맞지 않았다. 차라리 위조 노인(路引:여행 허가서)과 호패를 사라고 내놓았다면 모를까.

"내 조건은 이걸세. 이백 냥을 내게 맡기고 한 가지 일을 해주게. 자네가 만약 그 일을 무사히 마치고 돌아온다면 이백 냥을 돌려줌은 물론 이 비급도 자네에게 주겠네. 단도직입적으로 말하자면 오늘 밤, 이 친구가 사람을 하나 죽일 걸세. 그가 상대를 죽이는 동안 그의 등을 지켜주게."

하 노인이 말한 이 친구는 여태 말없이 자리를 지키고 있던 죽립인이었다. 장개산은 하 노인을 뚫어져라 응시했다. 한차례 무거운 침묵이 흐른 후 장개산이 천천히 입을 열었다.

"무슨… 뜻입니까?"

"놈의 곁엔 예사롭지 않은 실력을 가진 열여섯 명의 수하가 그림자처럼 따르고 있네. 그들을 뚫고 들어가 놈을 죽이고 무사히 탈출하려면 누군가 놈의 수하들과 싸우며 시간을 벌어주어야 하네. 자네가 그 일을 맡아 달라는 걸세."

"전 함부로 살인을 하는 사람이 아닙니다."

"항주의 악인들을 죄가 약한 사람부터 차례로 죽이면 가장 마지막에 남을 열 명 중의 하나라고 확신하네."

"노인장의 말을 어떻게 믿습니까?"

"그것 역시 자네가 판단하게."

묘한 노인이다.

뭔가 증거를 대라고 할 때마다 적극적으로 설득을 하려 들기는커녕 네가 알아서 판단을 하란다. 이렇게 판단 자체를 맡겨 버리니 장개산은 심히 당황스러웠다. 마치 상대의 말에 기대지 말고 스스로의 통찰과 감을 믿으라고 훈계를 하는 듯했다.

"여전히 이해가 가지 않는군요. 아래층에 쓸 만한 칼잡이들이 적지 않은 것 같던데, 왜 잘 알지도 못하는 저에게 이런 비급을 주면서까지 일을 시키시려는 겁니까?"

"내 말뜻을 이해하지 못했군. 난 자네에게 이 비급을 줄 생각이 없네. 더불어 이백 냥까지도 빼앗을 생각이지. 자네는 살아서 돌아오지 못할 테니까. 더불어 자네가 죽었을 경우 누구도 처음 보는 얼굴인 자네로부터 나를 연결 짓지도 못하겠지. 어떤가? 해보겠나?"

"……!"

*　　　*　　　*

귀신에게 홀린 것 같았다.

처음엔 문서 위조범, 다음엔 객점 주인, 그리고 이제는 살인 청부까지…….

도대체 하 노인의 진짜 정체는 뭘까?

장개산은 고개를 흔들어 상념을 떨쳐 버렸다. 지금은 앞에서 신법을 펼치며 달려가는 죽립인의 뒤를 따르기에도 벅찼기 때문이다.

죽립인의 신법은 정말 놀라웠다.

그가 줄지어 늘어선 전각의 지붕과 지붕을 건너뛸 때마다 밤하늘에 커다란 호선이 그려졌다. 착지를 할 때는 소리가 나는 법이 없고, 도약을 할 때는 기와 한 장 밀리는 법이 없었다. 장개산으로서는 난생처음 보는 표표한 신법, 그는 한 마리 야조(夜鳥)와도 같았다.

'신법이 이 정도일진대 검술은 얼마나 고명할까?'

문제는 장개산이었다.

용마루를 타고 달릴 때는 황소가 지붕 위를 달리는 것처럼 쿵쿵 소리가 났고, 도약을 할 때는 기왓장이 와장창 소리를 내며 굴러떨어졌다. 산중에서 짐승을 추격하며 사냥을 해왔기에 신법이라면 어느 정도 자신이 있었는데, 지붕 위를 달리는 건 그것과는 또 달랐다.

사람들의 시선을 끄는 것도 문제였지만 죽립인이 자꾸 한 기를 뿌리며 돌아보았다. 이래선 안 되겠다 싶은 장개산은 신발을 벗어 들고 맨발로 달렸다.

훨씬 나았다.

죽립인도 장개산의 신법이 자신보다 한참 뒤처진다는 것을 알아차리고는 사람들의 시선을 피해 인적이 드문 곳으로 방향을 잡았다.

어느 순간 죽립인이 신법을 멈췄다.

하늘을 향해 고개를 치켜든 용마루 꼭대기에 서서 그는 달빛 아래 드러난 항주 시내를 조망했다. 흡사 달밤에 절벽 끄트머리에 앉은 늑대처럼. 한데 그 모습이 장개산에게는 어쩐지 방향을 살피는 것이 아니라 공기를 읽는 것처럼 느껴졌다.

"난 장개산이오."

장개산이 한 걸음 떨어진 용마루에 걸터앉으며 말했다. 자신의 이름을 밝힘으로써 상대의 이름을 묻고자 한 말이었다.

내가 소개를 하면 상대도 응당 소개를 하는 것이 무림을 초월한 인간사의 예의니까. 한데 죽립인은 여전히 전방에서 시선을 떼지 않은 채 차갑게 말했다.

"얼굴을 감춘 상대에게 이름을 밝히는 건 어리석은 일이죠. 위험한 일을 함께 도모할 때는 더더욱."

그 순간 장개산은 깜짝 놀랐다.

호리호리한 체격이며 신법을 펼칠 때 보였던 동작이 뭔가 미심쩍더라니 죽립인의 입에서 흘러나온 목소리는 여자의 그것이었다. 그것도 아주 젊은.

'여자의 몸으로 그런 신법을…….'

여자라고 해서 고수가 되지 말라는 법은 없지만, 신체 여건상 아무래도 남자에 비해서는 성취가 더딘 법이다.

한데 그걸 극복하고 저만한 경지를 이루었으니 지난 세월 그녀가 무공 수련에 바친 노력이 어느 정도였는지 상상조차 할 수 없었다.

'무림은 정말 넓구나.'

"소저를 부를 일이 있을 때는 어떻게 해야 하오?"

"그런 일은 없을 거예요."

죽립여인은 단칼에 잘랐다.

그러곤 다시 신형을 쏘았다.

지붕과 지붕을 건너뛰며 달리는 것은 산릉을 타고 달리는 것과 흡사했다. 이따금 높다란 고루거각의 지붕의 달릴 때가 있었는데, 그때마다 달빛을 품은 항주 시내가 훤히 내려다보였던 것이다.

물의 도시답게 항주는 모든 것이 수로(水路)를 중심으로 발달해 있었다. 수로는 좁게 보면 십(十)자 형태로, 넓게 보면 정(井)자 형태로 교차하고 갈라지기를 반복했다.

그렇게 교차되는 지역을 중심으로 잿빛 담장과 암록의 기와지붕들이 칡넝쿨처럼 뻗어 나가는 게 높은 곳에서 조망한 항주의 첫인상이었다.

죽립여인은 무려 반 시진이나 달린 끝에 전각의 지붕에서 내려와 사람들 틈으로 섞여들었다. 밤중임에도 불구하고 사람들이 북적거린다 싶더니 어느새 두 사람은 홍등이 즐비한 유흥가를 걷고 있었다.

취객들의 고성과 호객꾼들의 흥정과 정체를 알 수 없는 괴이한 냄새가 하나로 뒤섞인 유흥가는 말 그대로 난장판이었다.

해가 지면 온 세상이 고요해지는 산중에서만 살아온 장개산에게 흥청거리는 항주의 밤 풍경은 낯설기만 했다.

그러다 어느 순간 소음이 사라졌다.

대로에서 벗어나 인적이 없는 골목길로 접어든 것이다. 그때 죽립여인이 느닷없이 걸음을 멈추고 뒤를 돌아보았다. 이어 장개산을 향해 무언가를 내밀었다. 입맹관에서 조길창으로부터 한 번 본 적 있는 인피면구였다.

"이게 뭐요?"

"입맹관에서 소란을 피우다 북검맹에 끌려갔다고 들었어요. 얼굴을 알아보는 자가 있으면 후일 귀찮은 일을 겪게 될 거예요."

"그건 내가 살아서 돌아갔을 경우에나 해당되는 말 아니오? 하 노인은 내가 죽을 거라고 단언했소만."

"그래서 순순히 죽어줄 건가요?"

"천만에."

"그럼 이게 필요할 거예요."

장개산은 죽립여인을 한동안 물끄러미 바라보다 말했다.

"고맙소."

"고마워할 필요 없어요. 나는 지금 당신을 사지로 데려가는 중이니까. 더불어 인피면구는 당신이 중간에 도망쳐 놈들의 추적을 받을 경우를 위한 안배일 뿐이에요. 미리 말해두는데, 당신이 만약 얼굴을 들키고 놈들의 추격을 받는 상황이 오면 내가 먼저 당신을 찾아가게 될 거예요."

말인즉슨 장개산이 얼굴만 팔고 도망을 가면, 놈들이 장개산을 추격해 올 것이고, 죽립여인은 그녀 자신과 망구객점이 배후로 밝혀지기 전에 장개산을 찾아와 죽이겠다는 뜻이다.

"그래도 고맙소."

장개산은 인피면구를 낚아챘다.

죽립여인은 다소 당황한 기색이었다.

장개산은 인피면구를 펴서 얼굴에 뒤집어쓰기 시작했다. 한데 이놈의 물건을 언제 써본 적이 있어야 말이지. 이리 당기고 저리 당기는데 눈구멍으로 콧구멍이 나오고 콧구멍으로 턱이 나왔다.

한참을 고생한 끝에 겨우 모양을 잡는 데 성공을 했다. 하지만 아직 끝이 아니었다. 장개산은 죽립여인의 도움을 받아 눈, 코, 입 부위를 문질러 이음매를 자연스럽게 만들었다.

마침내 역용이 모두 끝나자 강인한 인상의 청년은 온데간데없고 세상사에 찌든 중년 사내가 모습을 드러냈다.

물론 장개산은 자신의 얼굴을 보지 못했다. 다만 죽립여인이 '이젠 됐다' 라고 말을 하기에 그런가 보다 했을 뿐.

"이제 시작하는 거요?"

"일단 배부터 채우죠."

말과 함께 죽립여인이 저 멀리로 시선을 던졌다. 무심코 그녀의 시선이 향한 곳으로 고개를 돌리던 장개산은 두 눈을 번쩍 떴다. 가장 먼저 보인 것은 달빛을 머금은 구름과 초롱초롱하게 빛나는 별들의 향연이었다.

그 아래 그것이 있었다.

광활하게 펼쳐진 암록의 세상, 쉬지 않고 철썩거리는 소리, 코끝을 파고드는 짭짤한 냄새…….

'바다다!'

죽립여인이 데려간 곳은 바닷가 후미진 곳에 위치한 폐선이었다. 그녀는 선실 그늘 속에 자리를 잡더니 검을 바닥에 내려놓은 후 품속에서 작은 보자기 하나를 꺼내 펼쳤다. 삶은 만두 다섯 개가 모습을 드러냈다. 죽립여인은 그중 하나를 집어 들어 장개산에게 내밀었다.

장개산은 만두를 받아먹는 둥 마는 둥 했다. 난생처음 보는 바다에 온통 정신을 빼앗기고 있었기 때문이다.

저 멀리서부터 넘실대며 달려오다 해안가에 부딪혀 장렬하게 산화하는 파도의 역동성은 무어라 말로 표현할 수 없는 것이었다.

쉬지 않고 불어와 옷자락을 파고드는 바람도 좋았다. 가장 신기한 건 발아래서 일렁이는 물결마다 반짝이는 인광(燐光)

이었다.

'이런 날에 살인이라니.'

"소저는 왜 이런 일을 하는 거요?"

"무슨 뜻이죠?"

"살수외까?"

장개산은 망구객점의 하 노인이 청부를 받으면 죽립여인이 살행을 나간다고 생각했다. 협력의 관계인지, 아니면 죽립여인이 하 노인에게 고용된 관계인지는 알 수 없지만 자신의 예상이 크게 틀리지는 않을 거라고 확신했다.

순간, 만두를 먹다 말고 죽립여인의 눈동자가 차갑게 가라앉았다. 죽립으로 가리고 면사로 또 가렸지만 장개산은 느낄 수 있었다. 잠시 침묵이 흐른 후 죽립여인이 말했다.

"더 이상의 관심은 사양하겠어요."

이건 경고였다.

자신을 더 살폈다가는 좋은 꼴을 보지 못할 거라는 경고.

"공정하지 못하군. 당신들은 나를 아는데 나는 당신들을 전혀 알지 못하니 말이오."

"정확히 알고 싶은 게 뭐죠?"

"지금 우리가 하려는 이 일, 내가 훗날 사부께 당당히 말씀드릴 수 있는 일인지 확신이 들지 않소."

죽립여인은 말없이 장개산을 응시했다.

잠시 침묵이 흐른 후 그녀가 말했다.

"무림에선 선악을 분명하게 구분할 수 있는 일이 그리 많지 않죠. 하지만 이번 일은 하늘을 우러러 한 점 부끄럼이 없는 일이라고 확신해요."

"꼭 그래야 할 거요."

장개산이 말했다.

평소처럼 차분한 목소리였지만, 왠지 모를 묵직함이 실려 있었다. 죽립여인의 뜨거운 시선을 느끼며 장개산은 다시 바다로 시선을 던졌다.

저 멀리 달빛을 벗 삼아 고기잡이에 나선 어선들이 띄엄띄엄 보였다. 한데 아까부터 어선들 사이로 시선을 끄는 배가 한 척 있었다.

어두운 밤바다로부터 포구를 향해 빠른 속도로 들어오는 소선, 잠시 후 소선은 포구로부터 수십여 장까지 가까워졌다. 그 뱃머리에 괴이한 복장을 한 사내들이 서 있었다.

장개산은 안력을 돋워 뱃머리를 좀 더 자세히 살폈다. 벌목할 나무를 고르기 위해 매일같이 산봉우리에 올라온 산을 조망한 탓에 안력이라면 자신있었다.

쥘부채를 부치며 선 장년인과 먹처럼 검은 장포에 죽립을 깊게 눌러쓴 네 명의 무사였다. 한데 그들 네 무사의 병장기와 패용법이 독특했다.

쇠꼬챙이처럼 가늘고 기다란 칼 두 자루를 천으로 만든 요대 사이에 비스듬히 찔러 넣었는데 아무리 봐도 일반적인 병기와 패용법이 아니었다. 장개산은 사부에게서 저런 복색을 한 자들에 대한 얘기를 들은 적 있었다.

　　'왜구……?'

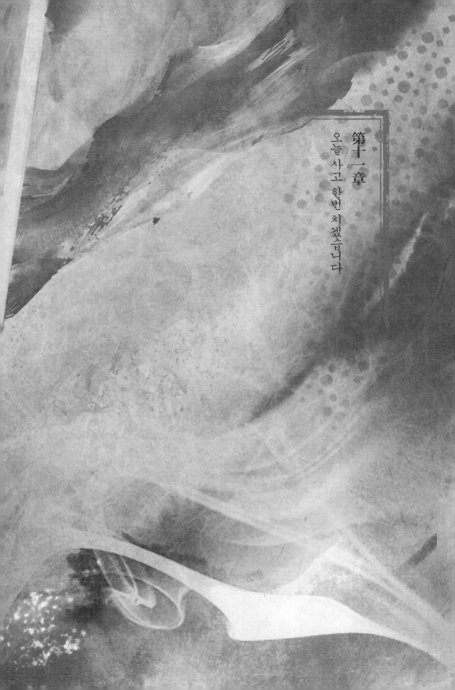

第十一章
오늘 사고 한번 치겠습니다

장개산은 머리카락이 곤두섰다.

오랜 세월 산중에 묻혀 사느라 세상일에 밝다고 할 수는 없지만 그래도 왜구가 어떤 것인지는 안다.

광동 청옥산에 살 적에도 이백 리 떨어진 남쪽 바닷가 마을에 왜구가 상륙해 재물을 약탈하고 사람들을 노예로 잡아갔다는 소문을 적지 않게 들었다.

바로 그 왜구로 의심되는 자들이 항주 포구에 나타났다. 한밤중 인적이 끊어진 곳이라고는 하지만 아무리 생각해도 이건 그냥 넘길 일이 아니었다.

장개산은 일단 상체를 숙였다.

"걱정 마세요. 저쪽에선 우리를 보지 못할 테니까."

죽립여인이 말했다.

장개산은 자신과 죽립여인이 선실 그늘 속에 들어앉아 있다는 걸 뒤늦게 상기했다. 거기에 복장도 짙은 색이니 상대적으로 달빛 아래에 있는 저들은 자신들을 발견할 수 없으리라.

죽립여인은 처음부터 은신을 염두에 두고 이곳에 자리를 잡은 것이다. 장개산은 그녀의 치밀함에 속으로 혀를 내둘렀다.

"아무래도 내가 왜구를 본 것 같소만."

"항주에는 낮과 밤이라는 두 개의 세계가 공존해요. 밤의 세계에선 보고도 못 본 척해야 할 일들이 많죠. 함부로 놀린 한마디에 어느 날 갑자기 사신을 만날 수도 있으니까."

왜구가 나타났는데 못 본 척하라니. 당장에 달려가 놈들을 격퇴해야 마땅하지 않은가. 그게 여의치 않으면 관아에 고변이라도 하든지.

그때쯤 배는 바닷가 으슥한 곳에 조용히 뱃머리를 박았다. 그러자 육지의 어둠 속으로부터 시커먼 장포를 입은 도객들이 걸어 나왔다.

숫자는 대략 십여 명, 멀고 어두워서 정확히 살필 수는 없지만 왠지 모를 살벌함에 전신에서 뿜어져 나오는 자들이었다.

그중 하나가 장년인을 향해 포권지례를 했다. 뭐라고 말을 하는 것 같은데 쉬지 않고 철썩이는 파도와 바람 소리 때문에 알아들을 수 없었다.

장년인은 쥘부채를 할랑할랑 부치며 바닷가 주변을 한차례 쓰윽 둘러보고는 이내 사내를 따라 걷기 시작했다.

그가 잠깐 고개를 돌릴 때 달빛 아래 얼굴이 더욱 선명하게 드러났다. 청의장포와 청건으로 한족의 복색을 흉내 내긴 했지만 어딘지 이국적인 얼굴만큼은 숨길 수 없었다. 대놓고 왜구인 척하지 않았을 뿐 그 역시 왜구였던 것이다.

뭍에서 기다리고 있던 흑의장포인들은 산 아래 외딴곳에 위치한 작고 낡은 건물로 왜구들을 이끌었다. 역시나 멀어서 정확히 분간할 수는 없지만, 현관으로 짐작되는 판자 쪼가리가 반쯤 떨어지다 말고 대롱대롱 매달린 것으로 보아 과거 주루나 객점으로 쓰였던 폐가인 것 같았다.

"대체 무슨 일이 벌어지고 있는 거외까?"

장개산이 죽립여인을 돌아보며 물었다.

죽립여인은 한참이나 장개산을 응시하다 어쩔 수 없다는 듯 말문을 열었다. 왜구의 출몰에 관한 연유를 물었는데 대답은 뜻밖에도 아주 먼 곳으로부터 시작되었다.

"항주에는 크게 네 개의 흑도방파가 있어요. 그들은 마경방(魔鯨幫), 통천방(通天幫), 육도방(肉屠幫), 적호방(赤虎幫)이라 불리며 항주를 사등분하여 관리하죠. 방주의 별호는 동서남북의 네 방위를 따 각각 동천왕, 서천왕, 남천왕, 북천왕으로 불려요. 그중 호해교동을 중심으로 한 항주의 서쪽 유흥가를 장악한 곳이 바로 서천왕이 이끄는 통천방이에요. 그들과는 이미 안면이 있죠?"

장개산은 한순간 의아한 표정을 지었다.

자신이 통천방 놈들을 어떻게 알고 만났단 말인가. 그때 퍼뜩 머릿속을 스치는 생각이 있었다.

"혹시 망구객점에서 만났던 그자들이……."

"마지막에 당신을 막아섰던 자는 서천왕의 사대호법 중 하나인 냉혼일섬 사일기라는 자예요. 하 노인은 사일기가 뒷골목의 거친 싸움꾼에 불과하던 시절부터 지켜봐 왔죠. 그래서 그런지 사일기는 망구객점을 제집처럼 드나들어요. 이게 말이 되는 건지 모르겠는데, 마치 언제든 찾아와 쉴 수 있는 사문처럼 말이에요."

장개산은 이제야 망구객점에 때 아닌 칼잡이들이 바글바글했던 이유를 알 수 있었다. 더불어 계도상이 나타났을 때 사일기가 집기의 파손을 걱정하고 또 선뜻 한발을 양보해 준 것도.

그러다 문득 흑도방파들의 정체성에 대해 한 가지를 알게 되었다. 정상적인 문파의 제자들과 달리 그들 흑도들에게는 사문이 없다.

지금 당장에 속한 방파가 있을 수는 있으나 돈과 폭력으로 묶인 이해관계가 사승의 연으로 맺어진 사문과 같을 수는 없다. 사일기는 망구객점과 하 노인에게서 사문의 향수를 느끼는 모양이다.

흑도들도 결국엔 사람인 것이다.

죽립여인의 말이 이어졌다.

"사천왕은 사천회(四天會)라는 이름 아래 각자의 권역을 존중하는 한편 십혈계(十血戒)를 엄격하게 지키며 십 년 넘게 평화를 유지했어요."

"십혈계?"

"수많은 이해관계가 복잡하게 얽힌 항주에서는 권역에 대한 존중만으로는 평화를 유지할 수 없어요. 그보다는 자금을 조달하는 방식의 충돌을 피해야 하죠. 십혈계는 지나친 경쟁으로 말미암아 불상사가 생기는 걸 방지하기 위해 피로써 맹약한 열 가지의 금계(禁戒)를 말해요. 이를테면 생아편(生阿片)의 유통 같은 것들 말이에요."

생아편이라는 말에 장개산은 절로 인상이 찌푸려졌다.

그야말로 흑도방파의 성격을 단적으로 드러내는 말이 아닌가.

"한데 한 달 전부터 그 평화에 금이 가기 시작했어요. 마경방이 십혈계를 깨고 비밀리에 왜구로부터 위험한 물건을 들여오고 있다는 정황이 포착되었거든요."

"마경방이라면……?"

"지금 우리가 있는 이곳 동쪽 바닷가를 장악한 자들이죠. 정확하게 말하면 동천왕의 사대호법 중 일인인 비마추룡(飛馬追龍) 황적산이 그 일을 전담하고 있고요."

"대체 무슨 물건을 들여오기에?"

"화승총(火繩銃)이에요."

"화승총? 그게 뭐요?"

"노끈에 불을 붙여 놓고 기다리면 기다란 쇠막대기가 불을 뿜으며 쇠구슬을 순식간에 오십 장 밖까지 쏘아 보내는 무기죠."

"그게 그렇게 무서운 물건이오?"

"화승총만 있으면 어린아이라도 무림고수를 쓰러뜨릴 수 있어요."

장개산은 선뜻 이해가 가지 않았다.

불을 붙이고 뿜는다는 걸 보니 일종의 화기(火器)인 듯한데 그런 무기라면 송(宋)대 이전부터 있어 왔다.

그마저도 관리의 불편함과 발사 과정에서의 번거로움, 육중한 무게로 말미암은 낮은 휴대성, 비바람의 제약 등으로 대규모 집단전을 치르는 군문에서나 공성을 위한 용도로 드물게 사용한다고 들었다.

한데 화승총이란 게 대체 무엇이관데 어린아이라도 다룰 수 있으며, 심지어 무림고수를 쓰러뜨린다는 걸까.

"화승총을 들여오는 게 십혈계를 어긴 것이오?"

"화승총은 워낙 생소한 물건인지라 십혈계를 작성할 당시에는 아예 언급조차 되지 않았죠. 그들이 어긴 것은 화승총을 들여오는 대가로 왜구들에게 주는 것이었어요."

"그게 뭐요?"

"여자."

"……!"

"화승총 한 자루당 어린 여자아이 열 명을 넘기죠. 오늘이 바로 그날이고요. 지금쯤 저 바다 어디쯤 여자아이들을 싣고 갈 왜구의 상선이 대기 중일 거예요."

장개산은 오장육부에서부터 피가 부글부글 끓는 것 같았다.

화승총이 얼마나 무서운 물건인지 모르지만 사람의 목숨보다 중요하지는 않을 것이다. 하물며 아직 피어 보지도 못한 여자아이 열 명의 인생과 어찌 바꿀 수 있단 말인가. 애써 억누른 그의 분노는 고스란히 음성을 타고 흘러나왔다.

"놈들이 그렇게까지 해서 화승총을 손에 넣으려는 이유가 무엇이오? 도대체 무엇이, 동족의 목숨보다 중요하단 말이오?"

"일 년쯤 전, 산동을 들썩이던 흑도의 고수 세 명이 열흘 간격으로 장소를 달리해 변사체로 발견된 적 있어요. 그들의 머리엔 하나같이 작은 쇠구슬이 박혀 있었죠. 쇠구슬은 후일 화승총이라 불리는 물건의 총탄으로 밝혀졌고요. 그때부터 강호엔 화승총 한 자루가 일류고수 하나와 맞먹는 위력을 지녔다는 소문이 퍼졌어요. 그 말이 사실이라면 화승총 열 자루만 있으면 경쟁 방파들을 압도할 수 있죠. 스무 자루가 있으면 항주의 패권을 넘볼 정도가 되고요."

"전쟁을… 준비하고 있군. 십 년 동안이나 평화를 유지한 건 공멸을 피하기 위해서가 아니었소? 한데 갑자기 왜?"

"지난 십 년간의 평화가 지루했을 수도 있죠. 나눠 먹는 것은 처음부터 흑도들의 본성에 반하는 것이니까. 아니면 항주를 통째로 집어삼킬 목적으로 누군가 배후에서 조종을 하거나."

당최 무슨 말인지 알 수가 없었다.

어렴풋이 느껴지는 건 대도시 항주를 배경으로 무언가 엄청난 일이 벌어지고 있다는 정도. 그때 죽립여인이 주제에서 벗어난 뜻밖의 말을 했다.

"하 노인의 예상은 틀린 적이 없죠."

"……!"

"아직 기회는 있어요. 이제라도 돌아간다면 당신은 살 수 있어요. 복잡한 일에 휘말리는 일도 없을 테고. 하지만 끝까지 가보겠다면 정신 똑바로 차리고 놈들의 칼끝에서 눈을 떼지 마세요."

말을 끝내기 무섭게 죽립여인이 자리에서 일어났다. 그러곤 폐선에서 뛰어 내려가 왜구와 마경방의 무사들이 사라진 폐가를 향해 빠른 속도로 달려가기 시작했다.

장개산은 주위를 둘러보다 저만치 갯벌 속에 반쯤 파묻혀 있는 강철 닻을 발견했다. 닻은 또 다른 배와 쇠사슬로 연결되어 있었다.

'이 일이 끝나면 도끼부터 하나 맞추어야겠군.'

장개산은 갯벌로 뛰어내려 닻에 고정된 쇠사슬을 힘껏 잡아당겼다. 펑! 소리와 함께 뱃머리로부터 쇠사슬이 통째로 빠져나왔다. 그걸 머리 위에서 두어 번 휘두르자 굵은 쇠사슬이 팔뚝에 촤르륵 감겼다.

장개산은 닻의 하단을 움켜쥐고는 죽립여인이 사라진 방향을 노려보며 조용히 읊조렸다.

"사부님, 못난 제자 오늘 사고 한번 치겠습니다."

                    *   *   *

　바다를 연한 산기슭에 자리한 폐가는 생각보다 컸다. 다만 불을 켜지 않아 가까이에서 보지 않는다면 알 수가 없었다.

　"누구냐!"

　문 앞에서 지키고 있던 칼잡이가 소리쳤다.

　그 순간 장개산은 놀라운 광경을 목격했다. 죽립여인의 신형이 호롱불처럼 깜빡인다 싶더니 문 앞을 지키고 있던 두 명의 칼잡이가 피를 뿌리며 쓰러진 것이다.

　'굉장한 쾌검이다!'

　쾅!

　죽립여인은 거침없이 문을 박차고 들어갔다.

　불빛 하나 새어 나오지 않던 바깥과 달리 안쪽은 유등을 대낮처럼 밝힌 상태였다. 드넓은 객실 가운데 마경방의 무사로 짐작되는 자 삼십여 명이 새까맣게 모여 있었다.

　"웬 놈들이냐!"

　누군가 외쳤다.

　동시에 일제히 병장기를 뽑아 들었다. 벌 떼와도 같은 기세가 장내를 가득 채웠다. 죽립여인은 일언반구의 설명도 없이 놈들 속으로 뛰어들었다. 목적지는 이 층으로 연결된 계단, 마경방의 무사들이 사납게 몰려들었다.

죽립여인의 검술은 실로 고명했다.

좌에서 우로, 혹은 우에서 좌로 번개처럼 꺾이며 나아가는데 그때마다 섬광이 번쩍이고, 또 그때마다 피가 허공으로 뿌려졌다.

"여긴 내가 맡겠소!"

말과 함께 장개산이 쇠사슬에 매달린 닻을 힘껏 뿌렸다. 일장에 달하는 쇠사슬이 죽립여인의 좌방을 향해 개떼처럼 달려드는 마경방 무사들의 머리 위로 떨어졌다.

서너 명이 미처 피하지 못하고 머리통에서 피를 흘리며 쓰러졌다. 장개산이 쇠사슬을 힘껏 당기자 쭉 달려오는 닻에 옆구리를 찢긴 서너 명이 또다시 피를 뿌리며 물러났다.

눈 깜짝할 사이에 죽립여인의 좌방이 비어버린 것이다. 죽립여인은 뜻밖이라는 듯 장개산을 한 번 바라보고는 우방의 적들을 쓸며 계단을 타고 이 층으로 향했다.

마경방의 무사들이 그녀의 뒤를 쫓아 계단으로 신형을 날렸다. 장개산이 다시 그들의 머리 위로 닻을 날렸다. 막강한 기세를 이기지 못한 적들이 주춤 물러나면서 한순간 놈들의 추격이 끊어졌다.

그 사이 장개산은 재빨리 달려가 계단의 입구를 막고 섰다.

이어 닻이 달린 쇠사슬을 머리 위에서 질풍처럼 휘두르며 적들을 향해 던지고, 당기고, 후려쳤다.

일 층은 이 층에서 긴한 얘기를 하고 있는 고수들의 안전을 확보하기 위한 일종의 저지선이었다. 그 저지선이 눈 깜짝할 사이에 너무나 어이없게 뚫려 버리자 마경방의 무사들은 극도로 흥분했다.

아니나 다를까, 이 층에서도 병장기 부딪히는 소리가 깡깡 들리기 시작했다. 죽립여인과 고수들 사이에 전투가 벌어진 것이다.

"죽여라!"

"목을 쳐라!"

"배를 갈라라!"

명령이라기보다는 욕설에 가까운 고성이 연이어 터졌다. 적들의 공세도 점점 매서워졌다. 앞서 통천방의 무사 백여 명을 상대로 싸워본 경험이 적지 않은 도움이 되었다. 장개산은 좁은 계단의 입구에서 태산처럼 버티고 선 채 몰려드는 적들을 차례로 상대했다.

사실 백 명이 몰려오든 열 명이 몰려오든 한 번에 공격할 수 있는 숫자는 한정되어 있다. 많아야 다섯, 혹은 여섯이다. 그 숫자를 넘기면 아군들끼리 상처를 입는다.

지금의 상황이 딱 그랬다.

한데 돌발적인 변수가 있었다.

일 층에 몰려 있던 적들 중 고수가 있었던 것이다. 좌방에서 달려드는 적들을 향해 쇠사슬 닻이 날아가는 순간이었다. 어디서 튀어나왔는지 모를 검이 닻을 때렸다.

땅! 소리와 함께 막강한 경력을 이기지 못한 닻이 방향을 틀더니 우방의 벽을 뚫고 들어가 버렸다.

당황한 장개산은 재빨리 쇠사슬을 잡아당겼다. 우지끈하는 소리와 함께 벽이 통째로 뜯겨 나왔다. 그리고 나타나는 광경에 장개산은 아연실색했다.

왠지 부자연스러운 위치에 벽이 있더라니 벽 너머로 작은 방이 보였다. 그 안에 열대여섯 살가량의 여자아이 수십 명이 서로 살을 부비며 모여 앉아 공포에 떨고 있었다.

오늘 밤 왜구에게 팔아넘기려 하는 여자들이 틀림없었다. 그걸 보는 순간 장개산의 두 눈에 불똥이 튀었다.

"이런 개자식들!"

장개산은 계단을 고수하겠다는 생각을 버렸다. 대신 적진 한복판으로 뛰어들며 쇠사슬 닻을 인정사정 볼 것 없이 맹렬하게 휘둘러 댔다.

팡! 팡! 팡! 팡!

쇠사슬의 궤적이 방원 일장을 사지로 만들어 버렸다. 무수히 날아들던 도검이 깡깡 소리를 내며 튕겨 나갔다. 미처 피하지 못한 적들은 닻에 맞아 머리가 터지고 어깨가 뜯겨 나갔다.

적들을 무참히 쓰러뜨리는 와중에도 닻의 위력은 전혀 줄어들지 않았다. 오랜 세월 사람들의 발걸음에 의해 문질러진 단단한 바닥이 뜯겨 나갔다. 튀어 오른 널빤지의 파편은 날카로운 비수와도 같았다. 폭풍과도 같은 장개산의 질주에 적들은 무얼 어찌해 볼 틈도 없이 물러나기 바빴다.

그 사이 여자아이들을 가둔 방에 접근한 장개산은 닻으로 왼편의 벽을 후려쳤다. 쾅! 소리와 함께 황소도 드나들 정도의 커다란 구멍이 생겨났다. 구멍 너머로 시원하게 뚫린 야산이 모습을 드러냈다.

"모두 달아나라!"

장개산이 외쳤다.

활로가 열렸음에도 불구하고 공포에 질린 여자아이들은 움직일 생각을 못했다.

"지금 팔려 가면 영영 고향으로 돌아올 수 없단 말이야. 어서 달아나!"

저 아이들은 자신들이 왜구에게 팔려갈 거라는 것도 까맣게 모를 것이다. 장개산이 거듭 외쳤지만 여자아이들은 요지부동이었다. 오히려 떨어지지 않으려는 듯 서로의 손을 꼭 붙잡았다.

그때 똘똘하게 생긴 여자아이 하나가 용기를 냈다. 벌떡 일어서더니 장개산을 보고 이렇게 물은 것이다.

"지금 도망가도 저들은 포기하지 않고 끝까지 잡으러 올 거예요. 도대체 어디로 도망간단 말이죠?"

"북검맹으로 가서 조길창을 찾아라!"

말을 해놓고도 장개산은 깜짝 놀랐다.

왜 하필 이 순간에 그가 생각났을까.

그러면 왠지 저 아이들을 모른 척하지 않을 것 같아서였을까? 참 한심하다. 자신을 내쫓은 사람을 마음속으로는 믿고 있었다니.

그때 어디로 가느냐고 물었던 여자아이가 뚫린 구멍을 통해 쏜살같이 빠져나갔다. 한 명이 용기를 내니 그다음엔 쉬웠다. 여자아이들이 꺅꺅 비명을 지르며 주루를 빠져나가기 시작했다.

장개산은 여자아이들이 갇혀 있던 방과 뚫린 벽 사이의 동선을 확보하며 적들을 노려보았다. 마치 한 걸음이라도 다가서는 놈은 숨통을 끊어주겠다는 듯. 마경방 무사들은 하나같이 얼굴이 썩어 문드러졌다.

"계집들을 잡아라!"

누군가 고함을 질렀다.

그 고함은 또 다른 자의 더 큰 고함에 묻혔다.

"병력을 빼지 마라. 저놈부터 잡아야 한다!"

다시 그것보다 더 큰 고함이 장개산의 입에서 터졌다.

"덤벼라! 이 개자식들아!"

태어나서 이처럼 많은 적을 두 번씩이나 상대해 본 건 처음이었다. 하루에 개(犬) 자가 들어가는 욕을 두 번씩이나 해본 것도 처음이었다.

그만큼 장개산은 분노했다.

분노는 고스란히 쇠사슬 닻에 실렸다.

깡깡 소리가 요란하게 울리는 가운데 무수한 도검과 쇠사슬 닻이 급박하게 오고 갔다. 피가 뿌려지고 비명이 난무했다. 육편이 날아다니고 닻에 맞은 기둥과 벽이 뜯겨 나갔다.

그사이 방 안이 텅 비었다.

여자아이들이 모두 빠져나간 것을 확인한 장개산은 쇠사슬의 끝을 잡고 머리 위로 크게 휘둘렀다. 벽을 따라 걸려 있던 유등이 닻에 맞아떨어지면서 사방에 불길이 번졌다. 그중 몇 개는 계단으로 떨어졌고, 삽시간에 계단이 불타오르기 시작했다.

장개산은 그 불길을 뚫고 이 층으로 오르기 시작했다. 몇 놈이 불길이 더 거세지기 전에 장개산의 뒤를 따르려다 갑자기 날아온 쇠사슬 닻에 맞아 굴러 떨어졌다.

이 층은 아수라장이 따로 없었다.

탁자와 의자가 난상으로 굴러다니는 삼십여 평의 객실 한가운데 여섯 명의 사내가 피를 뿌리며 쓰러져 있었다.

그러고도 아직 열다섯 명이나 남았다.

그중 다섯은 쥘부채를 든 장년인과 그가 이끌고 온 왜국 무사들이었다. 그들은 마경방의 고수 십인과 함께 죽립여인을 에워싼 채 대치하고 있었다.

그들 너머로 오십 줄의 초로인이 보였다.

초로인은 이 상황에서도 여전히 탁자를 가운데 두고 쥘부채를 든 장년인과 마주 앉아 있었다. 초로인의 첫인상을 한마디로 표현하자면 섬뜩함이었다. 좌중을 쓸어보는 눈동자에선 얼음장 같은 한기가 쏟아져 나왔고, 깊게 팬 주름에선 백전을 치른 노강호의 냉혹함이 느껴졌다.

'고수다.'

장개산은 본능적으로 느꼈다.

더불어 그가 왜 저렇게 태연한지도 알 수 있었다. 아래로 늘어뜨린 죽립여인의 검으로부터 뚝뚝 흘러내리는 핏방울. 그녀는 팔에 검상을 입었다. 혼자서 마경방의 고수 여섯을 쓰러뜨렸지만 그녀 역시 무적은 아니었던 것이다.

장개산이 등장하자 사람들의 시선 역시 잠시 쇠사슬 닻에 머물렀다가 다시 죽립여인을 향했다. 초로인 역시 장개산을 일별한 후 죽립여인에게 말했다.

"내가 누군지는 알고 있나?"

"비마추룡(飛馬追龍) 황적산, 마경방 사대호법 중 일인."

"정확히 알고 있는 걸 보니 오다가다 들른 건 아니군. 용건이나 들어보지. 왜 나를 노리는 건가?"

"야신(夜神)께서 오늘 밤이 가기 전에 비마추룡의 목숨을 거두라 하셨소."

야신이라는 말에 초로인의 눈동자가 크게 흔들렸다. 하지만 그것도 잠시, 이윽고 평정을 유지하고 물었다.

"방주께서도 알고 계신가?"

"지금쯤 야신의 방문을 받았을 거예요."

초로인이 말한 방주는 바로 그의 주공인 마경방주 동천왕을 말한다. 초로인의 표정이 더욱 침울해졌다.

일 년에 한 번 모습을 드러낼까 말까 한 야신이 직접 움직였단다. 이게 의미하는 바는 명확했다. 동천왕 또한 오늘로 기나긴 삶의 종지부를 찍는다.

"이렇게 끝나다니……."

"오늘 밤 통천방, 육도방, 적호방이 힘을 합쳐 마경방을 치기로 약조가 되어 있었소. 야신께서는 당신과 동천왕의 목을 치는 선에서 그 일을 무마시키기로 천왕들과 합의를 하셨고."

초로인은 체념한 듯 고개를 끄덕였다.

그리고 다시 말했다.

"항주에 차갑게 웃는 꽃 한 송이가 있어 오직 야신의 명령만 받든다. 그녀의 얼굴을 보는 자 살 생각을 말라. 자네가 바로 빙소화(氷笑華)로군. 솔직히 말해주어서 고맙네."

장개산은 눈매를 좁혔다.

뭐가 어떻게 돌아가는 건지 정확하게 알 수는 없다. 다만 확실한 건 죽립여인의 별호가 빙소화이고, 그녀가 오늘의 걸음을 하게 된 건 야신이라는 자의 명령 때문이라는 것이다.

그렇다면 야신은 또 누구인가?

야신이 누구인지 모르지만 항주의 흑도방파들 사이에 엄청난 영향력을 행사하는 인물임이 틀림없었다. 장개산의 예상이 맞는다는 걸 증명하기라도 하듯 초로인의 수하들 역시 낭패한 기색이 역력했다.

"이제 당신이 목을 내놓을 차례요."

죽립여인이 말했다.

"그건 자네가 혈기십육조(血麒十六組)와 이국의 형제들을 뚫은 후에 다시 얘기하도록 하지."

쓰러져 뒹구는 여섯 명과 남은 열 명이 혈기십육조로 불리나 보다. 이국의 형제들은 당연히 왜국의 무사들일 테고. 말인즉슨, 순순히 죽어주지 않겠다는 뜻이다.

초로인의 말이 끝나기 무섭게 살아남은 혈기십육조와 왜국 무사들이 살기를 끌어 올렸다.

그때 벼락같은 일성이 터졌다.

"왜놈들은 내가 맡겠소!"

말과 함께 장개산이 바닥에 널브러져 있던 탁자를 발로 뻥 찼다. 육중한 탁자가 빙글빙글 돌며 좌방의 왜국 무사들을 향해 날아갔다.

"빠가야로!"

왜국 무사 하나가 알아들을 수 없는, 그러나 욕설임에 분명한 한마디를 내뱉으며 칼을 대각선으로 휘둘렀다.

그러자 놀라운 일이 벌어졌다.

살짝만 힘을 주어도 뚝 부러질 것 같은 그 가늘고 좁은 칼이 반 뼘 두께의 탁자를 쩍 갈라 버린 것이다.

왜도의 예리함에 장개산은 적잖게 놀랐지만, 그것으로 충분했다. 탁자가 벌어진 찰나의 틈을 타고 전권 속으로 뛰어드는 데 성공했기 때문이었다. 장개산은 쇠사슬을 짧게 잡고 닻을 폭풍처럼 난사하기 시작했다.

항주의 뱃사람은 창처럼 뾰족한 쇠막대기를 중심으로 세 가닥의 갈고리를 달아 닻을 만든다. 바위가 적고 갯벌이 많은 항주 앞바다에서 아무렇게나 던져도 펄 속 깊숙이 박힐 수 있도록 하기 위해서다.

물론 장개산은 그런 사정을 까맣게 몰랐다.

단지 날카롭고 육중한 쇳덩어리인 데다 일 장 길이의 쇠사슬까지 달려 있으니 칼에 잘리지도 않고 멀리 있는 적에게 던졌다가 회수하기도 좋겠다 싶어 무작정 가져온 것이었다.

한데 이걸 실전에서 막상 사용하고 보니 유성추와도 같은 위력을 발휘했다. 주먹만 한 쇳덩이를 단 보통의 유성추와 달리 백 근에 육박하는 닻을 달았으니 유성추 중에서도 초대형의 유성추인 셈이다.

그 파괴적인 기세와 육중함에 왜국 무사들은 사방으로 흩어졌다. 살짝이라도 걸리는 날엔 뼈를 추릴 수도 없기 때문이다.

대신 그들은 일정한 거리를 유지한 채 순간의 틈을 이용, 치고 빠지는 작전을 택했다. 장개산은 그때 왜국 무사들의 그 실전적이고도 매서운 검법을 처음으로 보았다.

도파를 쥔 손을 배꼽 어림까지 찍어 누르듯 내린 상태에서 칼끝은 독 오른 뱀처럼 치켜든다. 그 상태에서 상대의 눈을 뚫어버릴 듯 노려보며 좌우를 미끄러지듯 소리없이 이동하는 게 그들의 보법이었다.

그러다 틈이 보이면 튕기듯 다가오며 칼날을 머리를 지나

등 뒤까지 힘껏 치켜든다. 이 순간, 놈들의 앞가슴이 활짝 열린다. 대륙의 검법에선 상상도 할 수 없는 도약법, 한데 함부로 파고들 수가 없다. 등 뒤로 치켜든 칼날이 가공할 속도로 떨어지기 때문이다.

일격은 일 틈을 허용한다.

상체를 질풍처럼 비틀어 놈들의 칼을 피한 장개산이 곧장 반격을 시도할라 치면 놈들은 어느새 뒤로 빠지고 없다.

진퇴가 그야말로 전광석화와도 같았다.

칼을 휘두르는 동작도 아래로 내려치거나 사선으로 긋거나 베어 올리는 등의 극히 단순한 조합에 지나지 않았다. 한데 그 속도가 놀랄 만큼 빠른데다 바람 같은 진퇴의 보법까지 어우러지니 그야말로 실전검법의 정수라고 할 수 있었다.

장개산은 낭패스러웠다.

자신이 익힌 무공은 패력을 기반으로 한 도법이다. 크고, 강하고, 묵직한 것이 특징이다. 이런 종류의 무공이 필연적으로 동반할 수밖에 없는 것이 바로 느린 속도다.

그럼에도 불구하고 장개산은 지금껏 자신의 동작이 느리다는 생각을 해본 적이 없었다. 한데 네 명의 왜국 무사에게 둘러싸여 공방을 벌이고 있자니 상대적인 속도의 차이를 여실히 느낄 수 있었다.

그러다 찰나의 순간 일도를 허용하고 말았다.

좌방에서 떨어지는 칼을 향해 닻을 힘차게 휘두르는 순간, 날카로운 섬광 한 자락이 옆구리를 훑고 지나간 것이다. 화끈한 불 맛과 함께 정신이 번쩍 들었다.

활짝 열린 옷자락 사이로 핏기가 비쳤다.

다행히 살짝 베인 정도에 불과했다. 쇠사슬 닻이 만들어 내는 궤적이 작지 않음을 안 왜국 무사가 무리하게 전권을 파고들지 않은 까닭이었다.

"야쯔가 야라레타!"

"코로세!"

"타다모노쟈나이! 키오츠케로!"

왜국 무사들이 갑자기 대화를 주고받았다.

'이 자식들이 뭐라고 지껄이는 거야!'

왜국 무사들이 검진의 형태를 바꾸었다. 네 명이 장개산을 가운데 두고 빙빙 돌다 한 명씩 치고 나오던 것과 달리 두 명씩 짝을 지어 좌우방을 동시에 노린 것이다. 필시 부상을 당해 무력이 약해졌다고 판단, 승부를 빨리 결정지으려는 것일 게다.

한데 그게 놈들에겐 패착이었다.

장개산이 스스로 동작이 느리다고 느낀 것은 한꺼번에 상대해야 할 적들의 수가 많은 데서 기인한 상대적인 것이었다.

언제 어디에서 튀어나올지 모르는 넷을 상대하다가 갑자

'기 좌우의 두 곳만 상대하게 된 장개산은 정신이 번쩍 들었다.

"네놈들 마음대로는 안 될 것이다!"

천둥 같은 대갈일성과 함께 장개산은 좌방에서 달려들던 두 명을 향해 쇠사슬 닻을 뿌렸다. 닻이 손을 떠나는 순간 쇠사슬을 꺾자 닻이 갑자기 방향을 틀었다.

당황한 우방에서 다시 우측에 있던 왜국 무사 하나가 황급히 칼의 방향을 꺾어 닻을 때렸다. 그 짧은 칼질 한 번이 역설적이게도 곁에 있던 동료의 검로를 막아버리는 결과를 가져왔다.

깡! 소리와 함께 닻이 바닥으로 곤두박질치는 순간 장개산은 쇠사슬을 맹렬히 잡아당겨 좌방에서 달려드는 적들을 향해 뿌렸다.

놈들이 대포알처럼 날아오는 닻을 상대하는 사이 허공으로 떠오른 장개산은 좌방의 적 두 명의 목덜미에 발길질을 가했다.

퍼퍽! 소리와 함께 왜국 무사 두 명이 목을 붙잡고 황급히 물러났다. 목은 급소 중의 급소다. 숨이 턱 막히고 내장을 짜르르 울리는 고통에 왜국 무사들은 두 눈이 튀어나올 듯 커졌다.

그때 닻을 쳐 낸 좌방의 무사 둘이 좌우로 갈라지며 솟구쳤다. 허공으로 반 장쯤 떠오른 두 명이 일도양단의 기세로 장개산을 쪼개왔다. 한순간 장개산의 머리 위에서 두 개의 칼이 대각선으로 교차했다.

이것 역시 생소하기 짝이 없는 수법이었다.

하지만 극도로 실용적이었다. 목표물을 가운데 두고 각자가 대각선으로 자르니 그대로 성공하기만 한다면 몸이 네 조각으로 쪼개지리라.

한데 여기에는 한 가지 맹점이 존재했다. 앞서 떨어지는 검만 쳐 낸다면 위에 포개진 검도 함께 떨쳐 버릴 수 있다는 것.

장개산은 팔뚝을 위로 힘껏 쳐올렸다.

깡!

맨 팔뚝을 휘둘렀는데 금속성이 울렸다.

팔뚝에 쇠사슬이 친친 감긴 탓이다. 막강한 경력을 이기지 못한 칼 두 자루가 폭발하듯 허공으로 솟구쳤다. 동시에 바닥으로 떨어진 왜국 무사 두 명의 가슴이 활짝 열렸다. 장개산의 두 주먹이 작렬한 것도 그때였다.

퍼퍽!

묵직한 격타음과 함께 두 명의 가슴이 동시에 함몰해 버렸다. 갈비뼈가 우수수 부러지는 것은 물론이거니와 심장마저 강력한 충격을 맞고 터지기 일보 직전이리라. 두 명의 왜국 무사들은 비명 한 번 지르지 못하고 쓰러져 나뒹굴었다.

"빠가야로!"

느닷없는 고성과 함께 쥘부채를 흔들며 앉아 있던 왜국의 장년인이 벌떡 일어났다. 수하들이 쓰러진 것에 격분한 것이다.

"빠가야로는 뭐가 빠가야로야!"

말과 함께 장개산은 쇠사슬을 위협적으로 치켜들고 마지막으로 남은 왜국 장년인을 향해 다가갔다. 한데 장년인이 갑자기 뒷걸음질을 치는 게 아닌가.

'무공을 모른다!'

두령임이 분명하기에 앞서의 왜국 무사들보다 더욱 힘든 싸움이 될 거라고 예상했던 장개산은 어안이 벙벙했다.

빠가야로라는 욕은 장개산이 아니라 지금의 상황을 두고 한 모양이었다. 아니면 대(大) 자로 뻗은 수하들을 향한 것이었던지.

그렇다고 해서 그냥 봐줄 수야 있나.

"네놈들 나라로 돌아가라!"

말과 함께 장개산이 쇠사슬 닻을 힘껏 던졌다. 높은 자리에 오를수록, 가진 게 많을수록 삶에 대한 집착 또한 강한 법이다.

찰나의 순간에도 장년인은 비마추룡과 마주할 때 앉았던 탁자 속으로 기어들어 갔다. 장개산은 닻을 던지는 순간 이미 그의 움직임을 알아차렸고, 쇠사슬을 가볍게 흔드는 것으로 닻의 방향을 바꾸어 버렸다.

펑!

풍비박산 난 탁자와 함께 장년인이 벽을 뚫고 날아가 버렸다. 닻에 정통으로 맞지 않았으니 목숨은 건지겠지만 이 정도면 대륙 무인의 기개를 충분히 경험했으리라.

오십여 초의 공방 끝에 왜인들을 모조리 쓰러뜨린 장개산은 황급히 곁을 돌아보았다. 멀지 않은 곳에서 또다시 다섯의 적을 쓰러뜨린 죽립여인 빙소화가 남은 혈기십육조 다섯과 그사이 가세한 비마추룡을 상대로 처절한 전투를 벌이는 중이었다.

비마추룡이 가세한 건 왜국 무사들과 싸우는 중에 이미 알고 있었다. 정확히 말하면 장개산이 왜국 무사에게 옆구리를 허용했을 때, 비마추룡이 갑자기 검을 뽑아 들고 의자에서 튀어 올라 빙소화를 겁박해갔다. 그땐 빙소화가 다섯 번째 혈기십육조를 쓰러뜨린 시점이기도 했다.

비마추룡의 검은 실로 인상적이었다.

오 척의 길이에 무게는 얼핏 봐도 서른 근은 족히 나갈 것 같았다. 한데 검술은 더욱 인상적이었다.

혼자서 빙소화의 전방을 점한 채 폭풍 같은 검초를 뿌려 대는데 그때마다 벌떼가 웅웅거리는 소리가 났다.

그 사이사이 혈기십육조의 생존자 다섯은 후방에서 칼질을 해댔다. 전방의 대적을 상대하면서 언제 등을 뚫고 들어올지 모르는 다섯 개의 칼까지 막아낸다는 건 보통 어려운 게 아니다. 거기에 검진이 더해지면 발까지 묶이게 된다.

일류고수 하나가 오랜 세월 함께 검진을 수련한 삼류고수 다섯을 상대할 수 없는 이유가 거기에 있었다.

지금 빙소화가 딱 그랬다.

날카로운 검초가 빙소화의 옆구리를 파고들었다. 빙소화는 상체를 벼락처럼 비틀며 가까스로 검을 피했다. 그 순간 비마추룡의 주먹이 빙소화의 하박을 파고들었다.

퍽! 소리와 함께 빙소화의 신형이 잠깐 흔들렸다. 둔탁한 격타음도 그렇고, 몸의 떨림도 그렇고. 예사롭지 않은 충격임이 분명한데 빙소화는 물고기처럼 허리를 틀어 올리며 또다시 적들을 상대해 갔다. 허리를 틀며 충격을 완화했다는 걸 사람들은 까맣게 몰랐다.

비마추룡은 믿을 수 없다는 표정을 지으면서도 다시 공방을 이어갔다. 혈기십육조가 후방에서 열심히 도왔다.

또다시 검진이 펼쳐졌다.

사지에 갇힌 빙소화는 무인으로서의 본능에 몸을 맡긴 채 발작적인 검초를 뿌려댔다.

최소한 장개산의 눈에는 그렇게 보였다.

한데 놀랍게도 그녀는 동수를 유지하고 있었다. 잠깐 사이에도 적들의 칼이 아슬아슬하게 스쳐 가기를 여러 번, 하지만 그때마다 빙소화는 바람에 흔들리는 갈대처럼 이리저리 휘어지고 꺾이며 칼날을 피했다.

그건 장개산에게 또 다른 경지, 혹은 다른 영역의 검술이었다. 지금 이 순간 그녀의 목숨은 손가락 한마디의 차이로 오간다. 눈 한 번 깜빡이는 순간에 삶과 죽음이 결정된다. 그녀의 검술은 생사에 가장 근접한 상태에서 외줄을 타듯 아슬아슬한 펼치는 살검이었다. 마치 그녀의 삶처럼.

"네놈들은 내 몫이다!"

말과 함께 장개산이 빙소화를 향해 닻을 던졌다. 장개산의 의중을 파악한 빙소화가 재빨리 상체를 숙이며 앞으로 한 걸음 나아갔다. 그녀의 등 뒤로 쇠사슬을 매단 닻이 날아가 벽에 박혔다.

빙소화와 혈기십육조 다섯 사이에 결계가 생긴 것이다. 장개산은 쇠사슬을 힘차게 잡아당겼다. 닻이 맹렬한 속도로 딸려 오며 다섯 명을 위협했다. 놀란 그들이 한 걸음을 물러나며 빙소화와 거리는 이제 일 장 가까이 멀어졌다. 장개산이 그 사이로 뛰어들며 다섯 명의 적을 상대해 갔다.

귀찮은 혈기십육조를 떨어뜨리고 홀로 비마추룡을 상대하

게 된 빙소화는 펄펄 날았다. 기세는 더욱 맹렬해졌고 검초는
보다 날카로워졌다.

비마추룡은 마경방 내에서도 네 손가락으로 꼽히는 검도
의 고수였지만 홀로 빙소화를 당해 내기에는 역부족이었다.
그는 폭풍처럼 날아드는 빙소화의 검초를 막아내기 바빴다.
좀 전의 일방적인 공세는 순전히 수하들이 벌어준 틈을 이용
한 것에 불과했다.

빙소화의 협봉검은 비마추룡의 장검에 찰싹 달라붙어 떨
어질 줄을 몰랐다. 그러다 어느 순간, 장검의 검신을 타고 내
려간 빙소화의 협봉검이 비마추룡의 팔뚝을 긋고 바깥으로
빠져나갔다.

핏물이 터져 올랐다.

비마추룡은 두 걸음을 황급히 물러났다. 그가 막 네 번째
걸음을 옮기려 했을 때 등줄기에 둔탁한 충격이 가해졌다.

벽이었다.

비마추룡은 좌수검(左手劍)이었고, 하필이면 왼팔의 근맥
이 절반이나 잘려 나갔다. 잘려 나간 동맥에서 피가 펑펑 터
져 나왔다. 이 상태로는 도저히 싸울 수가 없다. 낭패한 비마
추룡은 서너 걸음 앞에서 사신처럼 버티고 선 빙소화를 보았
다.

"내가 빙소화를 과소평가했군."

"야신께선 깨끗한 죽음을 내리라 하셨소."

"순순히 죽어라. 자네라면 어떻게 하겠나?"

"야신의 명은 절대적이오."

"후후, 토사구팽(兎死狗烹)이라. 무림의 속성이 본래 그런 것임을 내 모르지 않았으니 후회는 없네. 충고하건대 자네도 야신을 너무 믿지 말게."

알 듯 말 듯한 말과 함께 비마추룡이 벽을 박차며 빙소화를 향해 덤벼들었다. 앞가슴을 활짝 열어둔 채 장검을 좌상방에서 우하방으로 힘차게 휘둘러 가는 수법은 분명 동귀어진의 한 수였다.

죽음을 각오한 최후의 절초답게 비마추룡의 일검에는 막강한 경력이 실렸다. 빙소화는 가볍게 한 발을 빼면서 비마추룡의 검을 올려쳤다. 그녀로서는 동귀어진을 할 생각이 전혀 없었으므로 일단 수비로 맞선 것이다.

꽝!

흡사 쇠기둥을 망치로 두들긴 듯한 소리와 함께 비마추룡이 튕겨 나가며 벽에 또다시 등을 부딪혔다.

내려치는 힘은 올려치는 힘에 비해 두 배의 위력을 발휘한다. 그럼에도 불구하고 비마추룡이 튕겨져 나갔으니 빙소화의 공력이 어느 정도인지 알 수 있었다.

연이은 공격 실패에 비마추룡은 살기를 포기한 것 같았다.

빙소화는 핏물이 뚝뚝 떨어지는 검을 아래로 늘어뜨린 채 비마추룡을 향해 저벅저벅 걸어갔다. 그 모습이 흡사 사신과도 같았다.

그때였다.

"빠가야로!"

찢어지는 고함과 함께 만신창이가 된 왜국의 장년인이 불길을 뚫고 후방에서 나타났다. 벽을 뚫고 아래로 떨어진 후 객실로 이어진 계단을 타고 다시 올라온 모양이었다.

한데 놈의 손에 이상한 물건이 들려 있었다.

어깨로 끄트머리를 받치고 양손으로는 중단과 하단을 받치듯 감싸 쥔 그것은 나무에 장착한 기다란 쇠막대기였다. 장년인의 눈앞에선 작은 불꽃이 타오르고 있었다.

'저게 뭐지?'

한순간 장개산의 머릿속에 떠오른 생각.

그때였다.

빵!

천지를 진동시키는 뇌성과 함께 쇠막대기가 불을 뿜었다. 동시에 비마추룡을 향해 검을 휘둘러 가던 빙소화의 허리가 활처럼 휘었다. 그러곤 피를 뿌리며 무릎을 꿇는 것이 아닌가. 검을 바닥에 찍으며 쓰러지는 것만은 간신히 면했지만 중상을 입은 게 틀림없었다.

"화승총!"

장개산은 뒤늦게 왜국의 장년인이 든 물건의 정체를 알아차렸다. 그 사이 빙소화는 혼절하며 쓰러져 버렸다.

난데없는 전개에 비마추룡이 눈알을 희번덕거렸다. 그가 장검을 고쳐 잡고 쓰러진 빙소화를 향해 비틀거리며 다가갔다.

객실 입구에선 왜국 장년인이 화승총의 총구에 무언가를 붓고 쇠꼬챙이로 다진 후 노끈에 다시 불을 붙이는 중이었다. 후방에선 혈기십육조의 생존자들이 호시탐탐 장개산의 목숨을 노렸다.

그야말로 사면초가!

장개산은 탁자 하나를 되는 대로 집어 왜국 장년인을 향해 힘차게 던졌다. 동시에 오른손으로는 쇠사슬을 힘껏 잡아당겼다. 허공에서 팽글팽글 돌며 날아간 탁자는 정확히 장년인의 면상을 찍었다.

처퍽!

묵직한 충돌음과 함께 왜국 장년인이 피를 뿌리며 쓰러졌다. 그 사이 전광석화와 같은 속도로 날아온 낯은 빙소화의 머리 위를 아슬아슬하게 스쳐 넘었다. 이어 빙소화를 죽이려던 비마추룡의 가슴을 뚫었다.

퍽! 소리와 함께 비마추룡이 피 분수를 뿌리며 쓰러졌다.

비마추룡이 쓰러지는 걸 확인한 장개산은 곁에 서 있던 기둥을 발로 뻥 차버렸다.

기둥이 무너지면서 건물 전체가 지진이라도 난 것처럼 흔들렸다. 먼지가 우수수 떨어지는 사이 장개산은 발에 채는 대로 비마추룡의 오척 장검을 창밖으로 툭 차서 던져 보냈다. 이어 쓰러진 빙소화를 번쩍 안아 들고는 창밖으로 몸을 던졌다.

『십만대적검』 2권에 계속…

신풍기협 神氣風俠

FANTASTIC ORIENTAL HEROES

윤신현 新무협 판타지 소설

「수라검제」,「태양전기」의 작가 윤신현
우직한 남자의 향기와 함께 돌아오다!

사부와 함께 떠났던 고향.
기다리는 친구들 곁으로 돌아온 강진혁은
사부의 유언을 지키기 위해 강호로 나선다.
반드시 돌아오겠다는 약속을 남기고.

"믿어라. 난 결코 허언을 하지 않는다."

무인으로 살 것인가, 무림인으로 살 것인가.
고민을 안고 나아가는 강진혁의 강호행!

신의 바람이 불어와 무림에 닿을 때,
천하는 또 하나의 전설을 보게 되리라!

Book Publishing CHUNGEORAM

유행이 아닌 자유추구 -
WWW. chungeoram.com

獨步行

독보행

임영기 新무협 판타지 소설

FANTASTIC ORIENTAL HEROES

그날, 심산유곡에서 수련하던
한 명의 소년이 강호로 내려왔다.

모든 이가 소년을 비웃고,
모든 무사가 그를 깔봤다.

소년은 흔들리지 않는다.
"이 천하를 독보(獨步)하리라!"

한번 시작한 걸음, 결코 멈추지 않으리라.
천하여! 무림이여!
대무영(大武英)이 간다!

Book Publishing CHUNGEORAM

청어람이어찌 저휴ㅡ수

www.chungeoram.com

무정철협

월인 新무협 판타지 소설

FANTASTIC ORIENTAL HEROES

「두령」, 「사마쌍협」, 「장홍관일」의 작가 월인
2013년 벽두를 여는 신무협이 온다!

삭초제근(削草制根)!
일단 손을 쓰면 뿌리까지 뽑아버렸다.

무정(無情)!
검을 들면 더 이상 정을 논하지 않았다.

그래서 나는 무정철협이 되었다.

진정한 협(俠)을 아는가!
여기 철혈의 사내 이한성이 있다!

「무정철협」

Book Publishing CHUNGEORAM

까불지 마!

까불지 마!

FUSION FANTASTIC STORY

무람 장편 소설

『태클 걸지 마』의 무람 작가가
풀어내는 신개념 현대판타지 소설!

24살의 대한민국 청년, 강태영
타고난 병으로 인해 온몸의 근육이 힘을 잃어가는 그가 부모마저 잃었다!

"제기랄! 이 빌어먹을 몸뚱이!"

좌절하여 모든 걸 포기하려던 바로 그날.

쩌르르릉! 번쩍!
강태영을 향해 떨어진 푸른 날벼락.
그리고 그가 눈을 떴을 때
그를 기다리고 있는 것은……

날 비참하게 만들던 세상이여
더 이상 까불지 마라!

Book Publishing CHUNGEORAM

유행이 아닌 자유추구-
WWW.chungeoram.com

ALCHEMIST
알케미스트

FUSION FANTASTIC STORY 시아람 **장편 소설**

2013년, 또 하나의 현대물이 깨어난다.
현대에서 펼쳐지는 연금마법진의 진수!

인간 최초의 9서클을 이룩한 마법사 아스란.
죽음의 위기에서 그가 남긴 유지가
차원을 넘어 지구에 떨어진다.

일리미트 비블리어시카(Illimite bibliotheca)!

그 무한한 힘과 지식을 얻게 된 김창준.
3년 전으로 돌아간 날을 기점으로,
삶이, 인생이, 그의 희망이 바뀐다!

현대에 강림한 진정한 마법사의 전설!
끝도 없이 세상을 향해 날개를 펼치다!

Book Publishing CHUNGEORAM

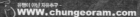

유행이 아닌 자유추구 -
WWW.chungeoram.com